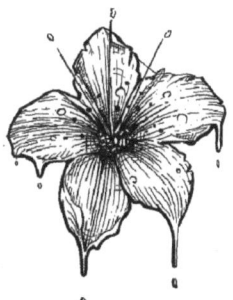

Cardo Polar

Die Kinder der Kirschblüte

Teil 1

Die Kinder erwachen

Bibliografische Information der Deutschen Nationalbibliothek: Die Deutsche Nationalbibliothek verzeichnet diese Publikation in der Deutschen Nationalbibliografie; detaillierte bibliografische Daten sind im Internet über http://dnb.dnb.de abrufbar.

Artwork: Cris / www.cris.graphics
Korrektorat: Hanka Jobke, Lektographem

www.kinderderkirschbluete.de
#kinderderkirschbluete
kdk_polar

Herstellung und Verlag:
BoD – Books on Demand, Norderstedt

ISBN: 978-3-7386-5517-9

Für all die wundervollen Menschen, die ich im Internet kennengelernt habe.

Danke, dass es euch gibt.

1

Hanna lag in ihrem Bett, bereit zu sterben. Einfach nur sterben, aus, alles vorbei. Endlich Ruhe. Sie war so unsagbar müde. Müde von dieser scheißverfickten Welt da draußen, von all dem Gerede, dem Generve, den Gerüchten, den miesen Sprüchen, all den Blicken, all den Arschlöchern um sie herum; und im großen Ganzen: all die Kriege, die Morde, das Leid, all die Ungerechtigkeit überall auf der Welt, wie sollte man damit nur klarkommen?

Und in ihr drin, da sah es nicht viel besser aus. Alles voll von verrotteten Gedanken und Gefühlen, eine unendliche Traurigkeit, die sie lähmte; Hass, Wahnsinn, ein Brennen in ihrem Kopf, ihrer Brust, ihrem Bauch. Sie konnte das alles nicht mehr ertragen, hatte keine Kraft mehr, um zu kämpfen. Mit diesem Körper, der nie so funktionierte, wie sie es gerade brauchte, wie sie es wollte. Sie war das alles so leid, so komplett leid. Sie wollte einfach nur noch Ruhe, sie wollte einfach nur sterben.

Das war an sich nichts Neues für Hanna. So weit sie zurückdenken konnte, war sie immer schon traurig gewesen, müde, allein, überfordert mit allem, außen und innen, kraftlos. Es war eine Mischung aus unglaublicher Einsamkeit, erdrückender, lähmender Traurigkeit, Angst, Abscheu vor der Welt, den Menschen gegenüber und dem brennendem, ohrenbetäubendem Lärm in ihrem Kopf. Momenten, in denen sie im Sekundentakt Explosionen von Emotionen fühlte, wenn sie versuchte, runterzukommen, die Augen schloss, tief ein- und ausatmete – dann rasten manchmal die Bilder des Tages an ihr vorbei, Gespräche, Geräusche, sie fühlte Angst, Scham, Hass, Wut alles gleichzeitig, während sie in Gedanken Menschen sah, reden hörte, immerzu reden, um sie herum, in der Schule, auf der Straße, im Bus. Es rauschte und explodierte in ihrem Kopf in einer Endlosschleife. Die Gefühle erdrückten sie, schnürten ihren Hals zu, bis sie zitternd in der Ecke kauerte und sich durch Schmerzen wieder Luft zum Atmen verschaffen musste, sich erdete, wie sie es nannte. Sie kannte das alles, sie hatte das alles tausendmal erlebt, sie hatte das alles so endlos satt. Nein, es war absolut nichts Neues. Neu war nur, dass in diesem Moment eine Nachricht von Sven auf ihrem Handy aufleuchtete.

Sie musste lächeln. Und das war definitiv auch neu. Es war natürlich kein breites Grinsen, kein Zahnfleischlächeln, nein, aber ihre Mundwinkel zuckten eindeutig nach oben, ganz kurz, ein Mal. Das Handy hatte aufgeleuchtet, und sie dachte, ja, so ist das, du bist das Licht in meiner dunklen

Nacht. Und musste wieder lächeln, über sich selbst und diesen grottigen Schmalzdreck, den sie da dachte. Was war hier eigentlich los? Wie konnte eine WhatsApp-Nachricht, eine Person, es schaffen, sie so dermaßen schnell aus ihrem Loch, ihrem Gedankengefängnis zu reißen? Seit sie Sven kannte, schaffte er es immer wieder.

Sie hatte Sven noch nie getroffen, tatsächlich hatte sie ihn auch noch nie gesprochen. Sie kannten sich jetzt seit acht oder neun Monaten über das Internet. Er hatte ihre Website, ihren kleinen Blog, ihr Sammelsurium der Monstrositäten, wie sie es nannte, gefunden und sie kontaktiert, und sofort, von seiner ersten Mail an hatte sie das Gefühl, nicht mehr ganz so allein zu sein. Das Gefühl, dass dort draußen jemand war, der sie verstand. Also, so richtig verstand.

Natürlich hatte sie im Internet bereits viele mehr oder minder gleich gesinnte Freunde gefunden. In einem Forum, BlutigeTraenen.de, war sie seit mehr als zwei Jahren aktiv und hatte enge Freundschaften mit einigen Nutzern geknüpft, die genau wie sie todtraurig und allein waren, gefangen in einer tristen, feindlichen Welt. Die sich ritzten aus den unterschiedlichsten Gründen. Aber mit Sven war es irgendwie anders. Vom ersten Moment an spürte sie, dass da eine andere Ebene der Verbindung, der Freundschaft möglich sein könnte. Es lag irgendwie ein positives Versprechen, ein kleines, zartes Körnchen Hoffnung darin, wann immer sie Chaosprince98 las. Sein Online-Pseudonym.

2

Hanna wusste nicht, ob sie schizophren war, bipolar, Borderliner, depressiv oder was auch immer. Sie hatte natürlich online alles darüber gelesen, sich immer wieder selbst diagnostiziert, alle möglichen Online-Tests gemacht, aber irgendwie war es ihr am Ende auch scheißegal, was nun genau kaputt war in ihr drin: Sie wusste, es war einfach nicht zu reparieren. Sie wollte es auch gar nicht reparieren, sie wollte einfach nur ihre Ruhe. Bei einem Arzt, einer Therapeutin war sie nie gewesen. Ihre Mutter wusste ja auch gar nicht richtig Bescheid, was los war.

Das war eh sehr komisch, das mit ihrer Mutter – und das mit ihrem Vater sowieso. Ihr Vater war viel älter als ihre Mutter. Er war beruflich immer unterwegs und fast nie zuhause gewesen. Wenn er dann mal da gewesen war, hatte er nie viel mit Hanna geredet, hatte sie nur manchmal ganz fest in den Arm genommen, lange, sehr lange festgehalten, fast erdrückt, und dann hatte sie immer gespürt, dass er sie liebte, irgendwie, auf seine Art. Aber davon konnte sie sich jetzt auch nichts mehr kaufen, denn jetzt war er weg. Außerdem waren sie ständig umgezogen. Fast jedes Jahr, kreuz und quer durch Deutschland, bis vor drei Jahren. Seitdem war ihr Vater nicht mehr nach Hause gekommen, hatte sich nicht mehr gemeldet, hatte sich nicht verabschiedet, und sie waren hier wohnen geblieben, in diesem verpissten kleinen Kaff in der niedersächsischen Provinz.

Ihre Mutter arbeitete in der Stadtverwaltung, und sie versuchte wirklich, Hanna Liebe und Geborgenheit zu geben, im Rahmen ihrer bescheidenen Möglichkeiten, wie Hanna immer dachte. Aber sie scheiterte kläglich, vielleicht weil sie es selbst nie erfahren hatte. Hanna wusste es nicht, sie konnte mit ihrer Mutter nicht reden, über eigentlich gar nichts außer Einkaufslisten oder Fernsehshows. Ihre Mutter schien genau wie Hanna ihren eigenen Kampf zu führen, irgendwo tief drinnen in ihrem Kopf, und sie konnte, wollte nichts sagen über ihre eigene Traurigkeit oder über Hannas Vater oder über irgendwas, was irgendwie relevant gewesen wäre. Ihre Mutter schien immer nur sehr bedacht darauf zu sein, immer darauf hinzuarbeiten, dass alles ruhig war, alle still so taten, als wäre alles in Ordnung. Und so war Hanna komplett allein hier, allein mit sich und dem Wahnsinn in dieser Welt, allein mit sich und dem Wahnsinn in ihrem Kopf.

Aber online war alles besser, da war sie nicht allein, da hatte sie viele Freunde – und jetzt Sven. Er verstand sie, verstand ihren Hass, teilte ihren Zynismus, ihre Sicht auf die Welt und das Leben, ihre Einsamkeit, ihren Schmerz. Auch Sven war allein, hatte Eltern, die hohl, leblos wie Schaufensterpuppen waren, wie er immer sagte, die nur ein Kind wollten, das funktionierte. Er funktionierte aber nicht. Auch er war ein Außenseiter in der Schule, der im besten Fall ungesehen blieb, ignoriert wurde, im schlimmsten Fall das Ziel ätzender Sprüche, gemeinen Mobbings war. Mit ein paar anderen hatten sie im BlutigeTraenen-Forum eine kleine Gruppe gegründet. Eine Clique. Sven aka Chaosprince98, Hanna aka fehlkonstruktion, und noch ein paar andere, mehr oder minder stark aktiv, vor allem aber VioletPain, suki_chan, maerchenlos und BloodAngel. Sie teilten ihre Gedanken, ihren Schmerz, sie gaben sich Verständnis, Halt, Trost.

Manchmal schmiedeten sie auch gemeinsam Pläne, wie sie sich rächen wollten an den Arschlöchern in ihrer Schule, ihrer Stadt, in der Welt. Sie schworen, sich gegenseitig zu beschützen. Sie wollten einmal zusammenleben, später, alle zusammen, abseits versteckt auf einem Bauernhof, autark, ihr eigenes, geheimes Land, ein Zufluchtsort, ein Versteck für alle geschundenen Seelen, wie sie es nannten. Alle, die den Schmerz teilten, die Teil der Gruppe waren, galt es hier zu schützen. All die anderen Menschen, die willentlich und aus Bosheit anderen Schmerzen zufügten, egal ob körperlich oder seelisch, galt es auszuschließen, zu bestrafen. Manche meinten gern aufs Schlimmste, für immer.

Natürlich waren das für Hanna nur Gedankenspiele, die sie beruhigten, die dazu dienten, Frust rauszulassen, ein Gefühl von Geborgenheit, Zugehörigkeit und Schutz simuliert zu bekommen. Hanna war zu schlau, um das nicht zu durchschauen. Das war ja eines ihrer größten Probleme, ihre Intelligenz. Sie war zu schlau, sie verstand zu viel über die Menschen, über die Welt. Und dauernd musste sie sich selbst analysieren, sezieren, bis ins Kleinste ihr Verhalten, ihre Gedanken aufschlüsseln. Es war so furchtbar ungerecht, so unfair, dass sie so scheißverdammt schlau war, es lähmte sie zusätzlich, und es machte sie doppelt zum Außenseiter – und die dummen Vollidioten waren die Helden auf jeder Party. Denn offline waren sie alle unscheinbar, unsichtbar und versuchten, es auch zu bleiben, nicht aufzufallen. Ja nicht das Interesse anderer zu wecken, denn zu oft waren sie gehänselt, gemobbt, geschlagen oder gar missbraucht worden. Hanna hatte es in ihrer neuen Schule auch wieder schwer gehabt. Es gab dort zwei mehr oder minder homogene Cliquen: die Bauern, wie Hanna sie nannte, Dorfjugend, in der Freiwilligen Feuerwehr und im Landjugendverband Mitglied. Dummköpfe, einfältig, banal, für immer hier in diesem verpissten Kaff in ihrer kleinen miesen Existenz gefangen. Und dann die Coolen, meist aus dem Neubaugebiet jenseits der Bahnlinie, spielten Tennis oder Hockey, waren in Bands, hatten einen älteren Freund oder Bruder mit Auto, fuhren im Urlaub in die USA oder nach Thailand. In echt jetzt, kein Scheiß, alles lebende Klischees durch und durch.

Die Bauern ignorierten Hanna, die Coolen machten ihr das Leben zur Hölle. Durch ihre Arroganz, ihre Ignoranz, ihre abwertenden Blicke und durch ihre Sprüche, ihre Hänseleien. Der einzige halbe Grenzfall war Nicole. Sie gehörte zum Dunstkreis der Coolen, ihren Eltern hatten sicher viel Geld, sie wohnte in einem großen Haus am Waldrand, natürlich jenseits der Bahnlinie. Soweit Hanna es mitbekommen konnte, hatte Nicole nie etwas Gemeines zu ihr gesagt oder mitgelacht. Sie hatte natürlich auch nie Partei ergriffen für Hanna, sie geschützt. Nur einmal, als zwei Mädchen Hanna im Flur ein Bein gestellt und, als sie am Boden lag, auch noch blöde Sprüche gemacht hatten, da platzte es aus Nicole heraus, und sie schrie die beiden an: „Alta, was ist kaputt bei euch? Lasst sie doch mal in Ruhe!" Dann war sie weggerannt.

Von außen war Nicole das typische neureiche, blonde Teenie-Püppchen-Klischee, aber was Hanna an Nicole mochte, war, dass sie im Unterricht immer so ruhig war, und wenn sie etwas sagte, war es sehr überlegt, unangreifbar, oft eine zynische Spitze, die genauso gut ihre Freunde oder auch die Lehrer treffen konnte. Außerdem gab es das Gerücht, dass Nicole Kampfsport machte, einen Schwarzgurt in Karate hatte oder so. Das wollte gar nicht zu ihrem äußeren Bild passen, und das gefiel Hanna. Zudem waren sie sich ab und zu begegnet, wenn Hanna wanderte, allein, durch den Wald, über die Halde, im Morgengrauen, wenn alles schlief, da sah sie manchmal Nicole, und sie joggte wortlos an ihr vorbei. Sie sahen sich kurz an, lächelten nicht, nickten nur. Hanna fühlte in diesen Momenten eine gewisse Vertrautheit, ein gewisses Verständnis. Wenn sie nah neben Nicole stand, meinte sie manchmal, eine zweite Einsamkeit, Traurigkeit, versteinerte Verzweiflung zu spüren.

Hanna las viel, natürlich, was sollte sie sonst auch machen außer zocken? Ein ganz besonders wichtiges Buch für sie war *Carrie* von Stephen King. Sie hatte es schon relativ früh mit elf oder zwölf gelesen. Niemals würde sie ihre Mutter mit der von Carrie vergleichen, nein, Hannas Mutter war eher eine kalte, perfekte Steinstatue, aber Hanna konnte so sehr mitfühlen mit Carrie, diese scheiß Einsamkeit, dieses scheiß Außenseiterdasein.

Es war irgendwie Teil von Hannas Krankheitsbild, dass sie ständig das Gefühl hatte, Stimmen zu hören, die sie nicht richtig fassen, nicht richtig verstehen konnte. Dass Gefühle sie überwältigten, fremde Gefühle, positive wie negative, und dass sie das Gefühl hatte, nur das Gefühl, vielleicht ja auch nur das ungeheure Verlangen, Dinge, Menschen mit der Kraft ihrer Gedanken zu bewegen. Natürlich konnte Hanna keine Telekinese, so wie Carrie, aber sie stellte sich oft vor, es zu können. Rache zu üben. Nicht so extrem, nicht so böse, aber Lektionen erteilen, im Kleinen, sich schützen. Manchmal, früher noch öfters, trainierte sie das sogar. Natürlich immer ohne Erfolg, aber es gab ihr ein gutes Gefühl, vielleicht die Hoffnung, das Außen kontrollieren, beherrschen zu können. Wenn sie es versuchte, sich konzentrierte, fokussierte, dann war für eine ganz kurze

Zeit nur Stille in ihr. Deshalb liebte sie *Carrie* – und *Star Wars*.

Das mit den Telekineseübungen hatte Hanna nicht so oft im Forum angesprochen, auch Sven gegenüber nur andeutungsweise, eher als Witz. Hauptsächlich weil es ihr peinlich war. Eine ihre schönsten Kindheitserinnerungen betraf einen Urlaub in Nordfrankreich mit ihrem Vater. Er war ein stiller, lieber alter Mann gewesen, und in diesem Urlaub hatte er einmal, vielleicht das einzige Mal richtig Zeit für sie gehabt. Ihm hatte sie dann erzählt, wie sie immer versuchte, Stifte auf ihrem Schreibtisch mit der Kraft ihrer Gedanken zu bewegen, und er hatte sie liebevoll angelächelt, in den Arm genommen und gesagt: „Ach, mein kleines Mädchen, ich glaube ganz fest daran, dass du alles schaffen kannst, was du willst, wenn du nur selbst fest genug daran glaubst!" Nach diesem Urlaub hatte er ihr etwas geschenkt, einen alten, kleinen Reisekoffer, einen Trostkoffer. „Darin findest du alle Wunder dieser Welt, die du brauchst." In dem Koffer waren ein Malblock, diverse Stifte, ein Märchenbuch mit Geschichten über die Prinzessin Hanna, ein paar Hörspiele und ein alter Armreif, der angeblich schon ihrer Ururoma gehört hatte. Der Armreif war aus grobem, sprödem Metall, besaß wenige schlichte, dicke Ornamentlinien als Verzierung und vier Knubbel, Beulen, vielleicht waren da früher einmal Edelsteine gewesen. Das Besondere an dem Armreif war, dass ein Ring fest dazugehörte, mit zwei Metallketten war er befestigt und konnte über den Mittelfinger gezogen werden. Der Armreif war Hanna damals natürlich viel zu groß gewesen, aber mittlerweile passte er, und immer wieder holte sie auch heute noch den Koffer unter ihrem Bett hervor, streifte den Armreif über und las im Buch über Prinzessin Hanna oder hörte eines der Kinderhörspiele.

3

„Ich brauch dich", hatte Sven geschrieben. Auch das war neu, dass jemand sie brauchte. Die Traurigkeit floss von ihr, zog sich zurück, und Hanna kämpfte sich mit Neugier und Spannung hoch vom Bett. Es war Abend. Oft kommunizierten sie auch einfach direkt über das Forum, sie teilten viel mit der Clique. Dabei waren einige sehr auf Anonymität bedacht, so wie Sven oder VioletPain und BloodAngel. Hanna war da ambivalent, sie postete nie ihren richtigen Namen oder spezielle Details, aber sie nannte schon mal ab und zu dieses scheiß Kaff beim Namen, oder einige der Wichser, die ihr das Leben zur Hölle machten, zumindest beim Vornamen, das tat ihr gut, das herauszulassen, das so zu benennen, das mehr oder minder öffentlich zu machen.

„Ich hab's gemacht! Es fühlte sich unglaublich, unglaublich geil an! O man, wie geil! Aber es war zu viel. Verstehst du, es war einfach zu viel. Das Rezept war falsch, ich wollte, dass sie kotzen, würgen, sich auf den Boden krümmen, die Wichser, aber ein paar sind umgekippt, nicht mehr aufgestanden. Ich bin so schnell weg, wie ich konnte. Hanna, ich hab Schiss. Megaschiss. Können wir chatten?"

Hanna wurde kalt, Blut schien aus ihrem Kopf hinunter in den Magen zu stürzen. Sie fühlte Svens Euphorie – und seine Angst. Ihr wurde kotzübel.

Es hatte vor etwa einem Monat angefangen, das mit dem großen Racheplan. Es musste irgendwas besonders Fieses vorgefallen sein, bei Sven in der Schule. Was genau, wollte er nicht sagen, war ihm peinlich. Er war sehr verletzt, gedemütigt worden. Irgendein ultragemeiner Streich, eine Bloßstellung, und alle hatten zugesehen, hatten gelacht, nichts gemacht, wohl auch die Lehrer nicht, aber das war ja klar, die Lehrer machten ja meistens nichts, auch wenn sie es mitbekamen. Gut, es gab Ausnahmen, ganz wenige Lehrer, die einschritten, nicht nur große Reden schwangen bei Versammlungen und Elternsprechtagen, sondern die wirklich hinschauten, wirklich wahrnahmen, was passierte, die ein Interesse hatten, an allen Schülern, an der Stimmung in der Klasse, auf den Fluren, auf dem Hof, in der Pause, ein Gespür, und die dann hinschauten und einschritten, aber diese Lehrer waren doch wirklich superselten.

Auf jeden Fall war es ganz schlimm gewesen, und Sven brannte vor Hass und Wut. Er hatte endgültig genug, die Schnauze voll und nein, er wollte sich nicht ritzen, er wollte sich nicht umbringen, durch die Gemeinschaft in der Clique und durch die Chats mit Hanna hatte er in den vergangenen Monaten an Selbstvertrauen und an Mut gewonnen, so sehr, dass er zurückschlagen wollte. Heftig.

Es entbrannte eine lange, teils hitzige Diskussion über mehrere Tage in der Clique. Es war egal, was genau passiert war, sie respektierten, wenn jemand keine Details erzählen wollte, dazu hatten sie alle selbst schon zu viel erlitten, zu viel erlebt. Es ging nur um die Art des Zurückschlagens, um die Art der Rache. Schuldig waren für Sven alle, alle aus seiner Klasse, alle Lehrer, alle Schüler der Schule. Es ging ihm nicht nur um diese eine Sache, er war so im Hass, es ging ihm um alles.

Sven und BloodAngel hatten recherchiert, es gab ihm Darknet verschiedene Dokumente. Sie alle hatten dieses schreckliche Word-Dokument, in dem über fünfzig Arten beschrieben waren, wie man sich selbst umbringen konnte, schmerzhaft, mit großem Aufsehen oder ganz still, sanft entschlummern. Sven und BloodAngel hatten aber auch etwas anderes gefunden. Anleitungen, um Rohrbomben und Sprengfallen zu bauen, Gift zu mischen, Gaskartuschen zur Explosion zu bringen, und sie hatten auch Kontakt zu irgendwelchen Neonazis aus Ungarn und Thüringen, die über das Internet Waffen verkauften, Pistolen, Handgranaten und son Zeug, teilweise uralt, aus dem Zweiten Weltkrieg. Zumindest behaupteten sie das, also Sven und BloodAngel, dass sie die Dokumente und die Kontakte hatten. Die anderen waren entsetzt, Strafe ja, Zeichen setzen klar, aber doch nicht so, was für ein Scheiß, alle hirnkrank, ihr auch, genau wie die Wichser, ist doch genau das Gleiche. VioletPain war sehr aggressiv zuerst, hatte Angst, dass Sven einen auf Littleton oder Erfurt machen wollte. Und überhaupt, Waffen von Neonazis? Hanna hatte vor allem Angst um Sven, Angst um die Clique, sie merkte – dafür war sie ja so scheiße schlau –, sie hatte Angst vor Veränderung. Gerade hatte sie Sven richtig gefunden, gerade war es so ein sicherer Online-Hafen hier im Forum, hier in der Clique, ein Zuhause, das wollte sie nicht verlieren. Suki_chan und maerchenlos gaben Sven und BloodAngel in dem Punkt recht, dass wenn sie es ernst meinten mit der Clique, wenn sie es ernst meinten, sich schützen zu wollen, dann mussten sie sich auch mal wehren.

VioletPain war missbraucht worden, nicht nur einmal und nicht nur von einer Person, ab und zu hatte sie etwas dazu im Forum geschrieben. Manchmal brach sie deswegen komplett zusammen und ertrank im Welt- und Selbsthass, manchmal tat sie aber auch so, als ob das alles nicht so schlimm sei, als ob man nur stark sein müsse, innerlich, dann ginge schon alles, als ob es da draußen nicht so schlimm wäre. Die anderen machten ihr klar, dass sie nur leben konnte, richtig leben, ein eigenes Leben ohne Angst und Schmerzen, wenn sie anfangen würde, sich zu wehren, anfinge zurückzuschlagen, allein schon aus Liebe und Respekt vor sich selbst – und Sven würde für sie alle den Anfang machen. Nur wie und wen treffen?

Sie wurden sich nach einiger Zeit einig: Es sollte nichts sein, wobei jemand sterben oder ernsthaft verletzt werden konnte, also mit bleibenden Schäden, so richtig derb, das nicht. Nicht weil die meisten es den Arschlöchern nicht gönnten, doch sie hatten Angst um Sven, er sollte nicht in den Knast oder selbst verletzt werden oder so. Na ja, und VioletPain, suki_chan und Hanna wollten nicht, dass andere richtig verletzt wurden, vielleicht traf es ja auch Unbeteiligte. Und es musste etwas sein, wo keiner mitbekam, wer der Verursacher war. In geschickten Diskussionen schafften es Hanna und VioletPain dann, die anderen zu überzeugen: Zurückschlagen ja, gezielt, mit Wirkung, aber ohne dass Sven irgendwie damit in Verbindung gebracht wurde. Denn es sollte ein erstes Zeichen sein, ein erster Schlag, es sollten viele folgen, das erste Mal, dass die Clique nach außen in Erscheinung trat, sich wehrte. Nicht nur für sich, für alle geschundenen Seelen. Da waren sie sich dann einig, ja sogar ein wenig euphorisch. Sie fühlten sich verbunden, es fühlte sich irgendwie für alle gut an, endlich einmal zu handeln, anderen die Grenze zu zeigen, zurückzuschlagen.

Es gab noch eine kurze Diskussion darüber, wer wirklich getroffen werden sollte, und eine weitere längere Diskussion darüber, wie genau und womit. Am Ende stand der Plan. Die Kommunikationsnetze wollten sie angreifen, den Nerv des sozialen Lebens der Feinde. So formulierte es BloodAngel. Vorher war die Diskussion ihren Weg von Rohrbomben und Schulmassaker über Rauchbomben und Autoreifen zerstechen, heimlich Fahrradschrauben lösen, Türen unter Elektrizität setzen bis hin zu Todesanzeigen in der Lokalzeitung gegangen.

Zum Schluss wurde Folgendes daraus: Es gab ein Dokument, auch aus dem Darknet, darin war detailliert beschrieben, wie man einen Störsender bauen konnte, der je nach Leistung innerhalb von fünfzehn bis fünfzig Meter alle Smartphones funktionsunfähig, im besten Fall sogar kaputt machte. BloodAngel hatte sogar schon einige Teile für das Ding organisiert. Den wollte er bauen und Sven schicken, welcher den Störsender dann heimlich in der Schule aktivieren und schnell wieder verschwinden lassen wollte. Um dem Ganzen den richtigen Drive zu geben, sollte zeitgleich eine anonyme Website online gehen, mit Namen und Fotos von allen Schülern und Lehrern der Schule, ja auch mit Sven, zur Verschleierung, und dem Text: „Heute zerstören wir eure Handys, morgen euch, denn ihr habt keinen Respekt vor dem Leben, ihr liebt und schützt das Leben und eure Mitmenschen nicht, ihr tut nichts, damit das Leben für andere Menschen lebenswert ist. Ändert euch, seht hin, schreitet ein, nehmt Rücksicht, gebt Respekt – für alle Menschen! Wenn ihr euch nicht ändert, werden wir euch bestrafen!" Es sollte eine Warnung sein, eine Erziehungsmaßnahme. Den Link zur Site wollten sie dann von einer anonymen E-Mail-Adresse aus an die Lokalzeitung und das Radio senden.

Wenn das richtig klappte, wollten das die anderen übernehmen, vielleicht auch selbst bei sich umsetzen. Das wär doch der Hammer, ganz Deutschland würde darüber sprechen, der Beginn einer Bewegung! Man postet ja viel, wenn die Nacht lang ist. Sven wollte mit BloodAngel in die Detailplanung gehen und sich dann wieder in den nächsten Wochen dazu melden. Irgendwie waren am Ende der Diskussion alle begeistert und stolz aufeinander. Bis auf Violet-Pain und suki_chan, die sich nicht vorstellen konnten, wie so was überhaupt technisch funktionieren sollte. Aber BloodAngel und Sven waren überzeugt, das hinzubekommen.

Doch in der Nachricht von Sven stand jetzt etwas ganz anderes, etwas von Kotzen und Rezept, nichts von Störsender und Smartphones. Was hatte er getan? Zitternd fuhr Hanna ihren Computer hoch und loggte sich ins Forum ein.

4

Die Welt kannte Sarah als braves, wohlerzogenes, stilles Mädchen, das immer schlichte, schwarze Kleider trug, die im Kontrast ihr langes, blondes Haar noch heller leuchten ließen. Stets war sie versunken in Bücher oder Tagträume. Wenn sie etwas gefragt wurde, sah sie die Menschen sehr lange an, aus großen, blassen Augen, bevor sie langsam, leise antwortete, so als sei sie gerade erst aus einem tiefen Traum erwacht. Aber Sarah hatte zwei Gesichter. Ihre Eltern kannten sie auch als impulsives, explosives Energiebündel, das wegen der kleinsten Anlässe die heftigsten Wut- und Tobsuchtsanfälle bekam, aus denen sie nichts und niemand wieder herausholen konnte. Es half kein gutes Zureden, kein Festhalten, kein Schreien, kein Schlagen – nur wegsperren und abwarten, bis sie sich selbst wieder beruhigt hatte, bis sie von selbst wieder diesen verklärten, verträumten Blick bekam und ihre leise, fast schon flüsternde Stimme zurück war.

Zum Glück hatte Sarah diese Anfälle meist nur zuhause. Sie wusste selbst nicht, woher sie kamen, sie kamen einfach aus dem Nichts, einfach so über sie, wenn sie sich über etwas ärgerte, ihr etwas nicht gelang, sie sich ungerecht behandelt fühlte.

Heute hatte sie keinen Grund für einen derartigen Wutanfall gehabt. Es war der 7. September 1893, ihr dreizehnter Geburtstag. Und als sie abends im Bett lag, dachte sie euphorisch, dass heute der schönste Tag ihres Lebens gewesen war. Ja klar, das war übertrieben, aber sie war einfach nur überglücklich. Im Flur hörte sie ihre Mutter, und sie wartete auf ihren Gutenachtkuss und darauf, dass Mutter die Kerze löschte, wie sie es jeden Abend tat. Sie überlegte kurz, ob sie noch einmal schnell aus dem Bett huschen und ihre Geschenke anschauen sollte, aber das musste sie gar nicht. Auch wenn sie die Bücher liebte, sie sich den blauen Schal, die weiße Spitzenbluse schon lange gewünscht und sich besonders über die feinen, schwarzen Lederhandschuhe gefreut hatte – das Schönste war der Zirkus gewesen.

Eine Kutsche hatte sie von zuhause aus der Haubachstraße in Berlin-Charlottenburg abgeholt, der Kutscher hatte ihr beim Einsteigen geholfen: „Fräulein Goldmann, es wartet ein ganz besonderes Abenteuer auf Sie!" Und dann waren ihr Vater, ihre Mutter und ihr kleiner Bruder hinterhergestiegen, und gespannt waren sie zu dem großen Festplatz gefahren, wo der Zirkus Balthasar gastierte. Sarahs Klassenkameradinnen hatten schon viel davon geredet, aber noch keine war wirklich drin gewesen, hatte eine Vorstellung gesehen – und nun durfte sie zum allerersten Mal in den Zirkus.

Der Eintritt war teuer, zwei Mark und fünfzig Pfennige pro Person. Aber das war es wert, o ja. Wenn sie jetzt zurückdachte an all die Artisten, Kunststücke, Tiere, Wunder, Zaubereien, dann war alles ein magischer, bunter Sturm der Bilder in ihrem Kopf. Aber ein Bild, ein Artist stach ganz klar heraus: der Feuerspucker.

Der Elefant hatte gerade das große Zirkuszelt verlassen, und das Publikum saß noch ehrfürchtig mit offenen Mündern auf den Bänken, da wurde es plötzlich ganz finster, und im Schein einer einzelnen Fackel betrat ein großer, rundlicher und doch mit starken Muskeln an Armen und Beinen ausgestatteter, glatzköpfiger Mann die Manege. Er hatte einen nackten Oberkörper, trug eine knappe, schwarze Hose und hielt eine große Fackel in der Hand. Aus einem kleinen, bronzenen Fläschchen, welches für Sarah ein wenig wie eine orientalische Zauberflasche aussah, trank er immer wieder kleine Schlucke einer Flüssigkeit. Und dann spuckte er große Feuerfontänen in die Dunkelheit – wie ein

Drache im Märchen! Gebannt beobachtete Sarah die großen Feuerwolken, fühlte ihre Hitze, sah die goldene, rote, glühend weiße Pracht, wie sie sich in die Finsternis des Zeltes fraß. Noch nie hatte sie etwas Schöneres gesehen, noch nie hatte sie etwas gesehen, das so verlockend, so begehrlich, so heilig aussah wie dieses Feuer. Sarah verlor jedes Gefühl für Raum und Zeit, wo sie war, wer sie war. Sie sah die Feuerwolken, wie sie sich in Zeitlupe aufbauten, ausbreiteten, fühlte, wie die Hitze an ihr leckte, an ihrem Gesicht, ihrem Hals.

Spätabends in ihrem Bett liegend, konnte Sarah immer noch ganz genau die Hitze fühlen, sie brannte überall auf ihrer Haut. Langsam glitt sie in den Schlaf, während sie Wolken und Mauern, Berge und Landschaften aus purem Feuer sah. Es machte ihr keine Angst, nein, überhaupt nicht, es fühlte sich vertraut an, wunderschön. Es war, als ob das Feuer für sie, mit ihr spielte, als sei es ein Teil von ihr. Jetzt schwebte sie im Traum über einem riesigen Meer aus Feuer. Wellen aus Flammen tanzten wild, ungezügelt, in gleißendem Gold hin und her. Sie fiel, tauchte ein, mitten in das Flammenmeer hinein. Aber anstatt qualvoll zu verbrennen, fühlte sie nur Glück, Geborgenheit, Euphorie. Es war ein schönes, reines, erfüllendes Gefühl. Mit einem seligen Lächeln wurde ihr klar, dass sie hier im Feuer zuhause war.

5

„Ja, ich habe mich entschieden, anders Rache zu üben. War es ein Fehler? Vielleicht. Bereue ich es? Noch nicht! Noch nicht!", hatte Sven im geschützten Bereich des Forums geschrieben. „Klar, scheiße, ich hab Angst. Es ist brutal schiefgegangen, aber ehrlich Leute, ihr könnt euch nicht vorstellen, wie geil das war, dieses Gefühl, dieses pure Adrenalin. Und die Kraft! Die Kraft, die ich auf einmal fühlte. Die ich noch fühle. Ich habe Kraft. Ich kann mich wehren! Darum geht es, darum ging es! Es war, wie sie alle direkt anzuschreien! Sie alle in Grund und Boden zu brüllen!"

Er hatte sie aber nicht angeschrien. Er hatte bei der 25-Jahr-Feier seiner Schule irgendeinen gepanschten Giftdreck in Getränke und Essen gemischt und gespritzt. Das Rezept hatte er aus einem der Dokumente, die er mit BloodAngel im Darknet gefunden hatte. Es war kein wirkliches Gift, eher ein Gebräu, fast ausschließlich aus Hausmitteln, zwei Bestandteile hatte er in der Drogerie geklaut, eines aus dem Medizinschrank seiner Eltern. Es sollte relativ harmlos sein, Durchfall erzeugen, leichte Übelkeit, Schwindel, in seltenen Fällen leichte Halluzinationen. Sven hatte angeblich die Dosis sogar noch halbiert. Er wollte erst mal nur einen kleinen

Testlauf machen, das andere Projekt mit BloodAngel dauerte ihm zu lange, war zu ungewiss. Er wollte nur vorsichtig testen, was so möglich war.

Aber dann war er wohl an dem Abend in einen kleinen Rausch verfallen. Keiner hatte ihn bemerkt, alle hatten ihn wieder ignoriert. So konnte er unbemerkt am Büfett herumhuschen und bei einer Rede mit anschließendem Show-Act, wo das Licht in der ganze Halle aus war, die Brühe in die Bowle, den Kartoffelsalat und in ein paar Gläser und Flaschen spritzen. Es war dann wohl aber doch zu viel gewesen, zu hoch konzentriert oder irgendwas anderes vielleicht falsch an seinem Mix. Auf jeden Fall hatte er zuerst mit Abstand beobachtet, wie sie tranken, grinsten, lachten und redeten, und dann, wie die ersten zuckten, würgten, sich die Bäuche hielten. Jetzt musste er grinsen, breit, fühlte sich sehr stark, mächtig, einfach gut. Ihr Wichser. Das geschieht euch so gottverdammt recht, hatte er gedacht.

Dann sah er aber immer mehr umkippen und schreien, Panik brach aus. Er sah Schüler mit Schaum vor dem Mund. Schnell schnappte er sich seinen Rucksack, sah sich noch dreimal um und glitt dann mit einem Strom von panisch an die Luft rennenden Schülern und Eltern hinaus. Er rannte zu seinem Fahrrad und raste, so schnell er konnte, nach

Hause. Unterwegs konnte er sich nicht entscheiden, er wechselte dauernd zwischen Angst und Panik, in der er „Scheiße, Scheiße, Scheiße!" in die Nacht rief, und Euphorie, Triumphgefühl, in welchem er dachte: Wie geil, Wie geil, Wie geil, war das denn bitte?

Nach und nach kamen alle aus der Clique ins Forum. In Private Messages und im Gruppen-Chat entbrannten wilde Diskussionen über Svens Tat. Erst mal wollten alle wissen, was genau vorgefallen war, was er genau gemacht hatte, aber Sven blieb da auch etwas nebulös, schien nicht alles, besonders über das Rezept und womit er das genau wo reingespritzt hatte, zu sagen. Auch nicht, wer da nun wie betroffen gewesen war. Aber er bekam gar nicht so viel Gegenwind von den anderen, nicht von VioletPain, schon gar nicht von Hanna. Sie schienen zu merken, dass Sven hinter all seine Hochgefühlen und Endorphinen einfach Megaschiss vor den Konsequenzen seiner Tat hatte. Megaschiss, entdeckt zu werden, und ja, er hatte wohl auch Angst, jemanden ernsthaft verletzt zu haben, bei allen Schimpfwörtern und Hasstiraden schien es doch immer wieder durch.

Hanna hatte auch Angst, Angst um Sven, dass ihm etwas passieren würde. Alle waren sie unglaublich aufgeregt, verfolgten die Status Updates und Meldungen auf Twitter und Facebook. Noch war vor Ort keinem klar, was genau passiert war. Einige Schüler und Lehrer mussten wohl ins Krankenhaus zur Beobachtung. Viele Posts gingen von einer Lebensmittelvergiftung aus, von verdorbenem Essen oder Getränken. Das wär's ja, vielleicht kam Sven superelegant aus der Situation raus und keiner merkte etwas, alle würden denken, es war irgendeine verdorbene Weinschorle, ein alter Kartoffelsalat gewesen. Hammer, wenn das klappte, würden es die anderen auch versuchen – vielleicht.

Ruhe bewahren, das war jetzt das Wichtigste, das Wichtigste für Sven, das Wichtigste für alle. Sie löschten alle Einträge aus dem halb öffentlichen Forum, die auch nur im Entferntesten mit der Tat und der Planung zu tun hatten. Sie löschten alle Chatprotokolle, soweit wie möglich. Und am Ende auch noch alle WhatsApp-Nachrichten, Messages und Mails auf Smartphones und Computern, man wusste ja nie, jetzt aber nicht in Paranoia verfallen.

Das war ja eh so ein Ding mit den Smartphones. Die meisten wichtigen Dinge klärten sie über das Forum und den Chat direkt am PC. Die einen, weil sie da derbe Verschlüsselungstechnik am Start hatten und sich so sicherer fühlten, die anderen, weil sie solche Themen, solche Gedanken von ihrem Smartphone fernhalten wollten, denn das Phone hatten sie immer dabei, überall. Schnell konnte eine Mutter, ein Bruder, ein Mitschüler darauf schielen, es klauen, darin herumstöbern, dafür waren diese Dinge zu privat. Hanna wollte zudem nicht alles aus dem Forum, alle diese Gedanken und Probleme darin, immer mit sich herumtragen, und sie wollte hier zuhause in ihrem Zimmer mit dem Forum ihren sicheren Hafen haben, sie wollte das nicht mit in die Schule, mit an den Esstisch nehmen.

Nervös und paranoid waren sie aber alle irgendwie, immer mal wieder, jetzt gerade besonders. Gegen drei Uhr morgens sprachen immer noch alle von einer Lebensmittelvergiftung. Es waren über zwanzig Schüler und drei Lehrer ins Krankenhaus gebracht worden. Jetzt wurde es ruhiger. Hanna war noch sauer auf Sven. Es war hauptsächlich die Angst, weil er sich selbst in Gefahr gebracht hatte. Die Diskussion war abgeebbt, sie surften alle durchs Netz, suchten nach Updates oder anderen Dingen. Sven war schon länger still gewesen, da postete er auf einmal einen längeren Text:

„Ich will Licht, ich will Luft, ich will Spaß, ich will Leben. Ein richtiges, echtes Leben. Ich will nicht mehr nur Dunkelheit und Schmerz erfahren, ich will mich wehren! Wenn es sein muss, werde ich Schmerz austeilen! Ihr müsst nicht mitmachen, ihr müsst nicht dabei sein, aber gebt es zu, sagt, dass es richtig ist, dass es gut ist!

Ich will nicht für immer in Angst leben, nicht immer in Enttäuschung und Ablehnung, als Versager, vor mir selbst. Ich will mich nicht immer verstecken müssen. Ich will, dass sie mir egal sind, die anderen, diese Welt da draußen ist mir egal. Es geht doch eh alles den Bach runter. Ist doch alles scheiße da draußen. Alle um uns herum, Mitschüler, Eltern, Lehrer, Erwachsene, alle führen nur verrottete, leere, verlogene Leben! Es kotzt mich an, sie kotzen mich so sehr an. Das ist nicht meine scheißverfickte Welt, nicht mein Leben! Lassen wir uns nicht mehr tyrannisieren, nicht mehr erniedrigen, erpressen, in vorgefertigte Muster pressen! Ich will meine eigene Welt, mein eigenes Leben. Dafür muss ich mich und andere schützen, ich habe das Recht dazu, mich und uns zu schützen, egal wie! Ich will Licht und Leben und Luft zum Atmen und Spaß und Lachen – für uns alle! Und um das zu bekommen, muss ich mich zuerst wehren, das ist mir klar geworden. Ich muss mich freikämpfen, innerlich und äußerlich. Ein Zeichen setzen für mich selbst und für andere. Und das habe ich getan, und das will ich wieder tun.

Wir zusammen müssen uns helfen, wir müssen uns respektieren, unterstützen, schützen. Wir müssen gemeinsam unsere kleine neue Welt bauen, nach unseren Regeln, aber nicht nur als Träume online hier im Forum, sondern auch real! Und die anderen Menschen, die ganze kaputte, verlogene Scheiße da draußen, die schließen wir aus, die lassen wir bei uns nicht mehr mitspielen, die können uns alle mal, aber so was von!

Wir wollen sie gar nicht zerstören, wir wollen nur von ihnen in Ruhe gelassen werden. Wir wollen nicht, dass die Welt da draußen, dass die Arschlöcher uns zerstören! Damit sie uns in Ruhe lassen, physisch aber auch psychisch, damit sie mit ihrem Giftstachel aus unseren Herzen und Köpfen verschwinden, müssen wir uns zuerst wehren, lernen, aufrecht zu gehen, stolz zu sein. Ich bin stolz auf heute, ich bin stolz auf mich, stolz auf euch. Ich bin euch dankbar für Gespräche, Rückhalt, Aufmerksamkeit, Liebe, Respekt. Ich liebe und brauche euch – und sonst nichts!

Und ich werde mich und euch schützen. So ist das, und deshalb habe ich es getan, und es war ein erster Schritt, ein erster Schlag, ich hoffe, dass noch viele folgen werden, nicht um anderen wehzutun, nicht um andere zu bestrafen, am Ende nur: um uns zu schützen, um den Raum und Platz in unseren Herzen und Köpfen zu schaffen, uns die Kraft zu geben, unsere eigene kleine neue Welt zu bauen, für uns, Stück für Stück. Für alle geschundenen Seelen. Wisst ihr, wofür die Kirschblüte, die Sakura, im Japanischen steht? Für Schönheit, Aufbruch und Vergänglichkeit, und genau das ist es, was wir wollen, brauchen, wissen, genau das ist es, wofür wir stehen, was wir fühlen, was wir seit Monaten besprechen. Ich habe da schon länger drüber nachgedacht: Wir wollen die Schönheit des Lebens, unseres Lebens, endlich fühlen und für uns erobern, wir müssen dazu aufbrechen und Veränderung schaffen, in uns und außen in der Welt, und gleichzeitig wissen wir, dass alles vergänglich ist, die Schönheit, der Schmerz, die Leiden, das Leben. Aber so ist auch unserer Schmerz vergänglich, unsere Peiniger und Feinde werden vergehen. Wir werden all das sein und bringen: Wir stehen für Schönheit, Aufbruch und Vergänglichkeit.

Es ist doch so: Jahrhunderte, Jahrtausende lang haben Arschlöcher, Mobber, gierige, verlogene Wichser die Welt regiert, die Menschheit, besonders immer wieder Menschen wie uns, beherrscht, unterdrückt, erniedrigt, gedemütigt und gequält. Es ist höchste Zeit, dass sich das ändert, es ist Zeit, dass die Unterdrückten, die Opfer sich wehren. Es ist an der Zeit, dass die Kinder der Kirschblüte erwachen ...

Ich liebe euch, ihr seid alles.

Zusammen sind wir die Kinder der Kirschblüte."

Und sie lasen es alle, und Hanna lief eine Träne über die Wange, ihr Hals schnürte sich zu. Wie gern hätte sie jetzt Svens Hand gedrückt, ihn in den Arm genommen, ihn gehalten und gefühlt, wie er sie hielte und schützte. Während einzelne salzige Tränen auf ihr Keyboard tropften, tippte sie als Comment: „Ich liebe euch, ihr seid alles. Wir sind die Kinder der Kirschblüte." Drei Minuten später postete BloodAngel: „Wir sind die Kinder der Kirschblüte – du hast es für uns getan." Und später dann noch VioletPain: „Wir sind die Kinder der Kirschblüte."

Sie fühlten sich andächtig, feierlich. Sie gaben Sven noch Tipps: Verhalt dich normal, wie immer, unauffällig, demütig, zeig jetzt keinen Stolz, zeig Erstaunen, Trauer, Interesse, aber nicht zu viel. VioletPain gab Tipps, wie er geschickt das Thema wechseln konnte, falls er direkt angesprochen wurde, was er sagen sollte, wenn ihn jemand direkt nach dem Abend fragte.

Sie waren sich einig, dass Sven einen genialen ersten Schlag geliefert hatte, dass die Kinder der Kirschblüte erwacht waren und dass Sven und den Opfern sicher nichts Schlimmes passieren würde. Die Nacht war rum, einige krochen ins Bett, andere mussten direkt zur Schule, aber das waren sie gewohnt, die Nacht am Rechner durchzumachen.

6

Sarah liebte Jane Austen, sie verschlang ihre Bücher: *Stolz und Vorurteil*, *Emma*, *Northanger Abbey*. Ja und heimlich, ganz heimlich, las sie auch Oscar Wilde. Das war eigentlich streng verboten, keine Literatur für eine junge Dame wie sie. Also las sie heimlich tief in der Nacht bei Kerzenschein in ihrem Bett und sehnte sich auf ein englisches Landgut, weit weg aus diesem schmutzigen Berlin. Im Sommer war sie auf das höhere Mädchengymnasium gewechselt, und nun bestand ihr Leben nur noch aus preußischem Drill, dem Lernen unsinniger mathematischer Regeln, sticken, kochen, Hauswirtschaft. Und zuhause musste sie sich um ihren kleinen Bruder kümmern. Ihre Mutter war krank geworden, irgendetwas mit der Lunge, sie hustete oft schwer, manchmal, wenn es ganz schlimm war, sogar Blut. Sarah hatte Angst um sie.

Wie gern würde sie zusammen mit ihrer Mutter zur Kur fahren, irgendwo an die englische Küste. Ihr Blick war von dem Buch geschweift, sie sah ein altes englisches Landhaus vor sich, einen großen Garten mit weichem, grünem Gras, alten Bäumen, ein paar weißen Stühlen, einem Tischchen mit Tee und Gebäck. Die Luft war schwer von dem Duft von tausend Rosen und Orchideen.

Die Kerze ging zur Neige, die Flamme wurde klein, gleich würde Sarah schlafen müssen. O bitte, bitte nicht! Nicht schlafen und sofort wieder erwachen am Morgen und lernen und kochen und putzen und waschen und sticken und nähen. Ich will noch lesen, dachte sie, und wie in so vielen Nächten seit dem Zirkus erinnerte sie sich an den Feuerspucker, an ihren Feuertraum, dachte sie an die Wärme, die Hitze, das Licht. Sarah sah zur Kerze. Bitte stirb nicht, kleine Kerze, geh nicht aus. Brenne, brenne für mich, dachte sie.

Es war merkwürdig, es schien Sarah fast, als könnte sie die Wärme der kleinen Flamme spüren. Nicht auf ihrer Haut, sondern in sich, in ihrer Brust, in ihrem Kopf. Wie schön es doch wäre, wenn sie brennen könnte, heiß, lichterloh, wie eine Flammenfontäne des Feuerspuckers. Sarah konzentrierte sich voll auf die kleine Flamme der Kerze, versuchte, irgendwo in sich Kraft zu finden, Kraft, die sie der Kerze leihen konnte. Brenne, bitte brenne für mich, kleine Kerze. Zuerst dachte Sarah, ihre Augen spielten ihr einen Streich, aber sie konnte es nicht leugnen: Die Flamme wuchs, sie wurde größer. Nicht viel, aber ein bisschen, ein klitzekleines Bisschen. Doch sobald Sarahs Konzentration, ihre Hingabe nachließ, sackte die Flamme wieder zusammen auf ein spärliches Flackern. Sarah schwitzte. Adrenalin brannte durch ihre Adern. Sie versuchte es noch einmal. Wieder bäumte sich das Flämmchen auf, wurde größer, daumenhoch. Flackerte munter vor sich hin. Ein kleiner, spitzer Glücksschrei brach aus Sarah hervor.

In dieser Nacht fand sie keinen Schlaf mehr. Sie übte mit der Flamme die ganze Nacht, Stunde um Stunde, holte mehr Kerzen, und in den darauffolgenden Nächten tat sie das Gleiche. Nach zwei Wochen konnte sie mit der Kraft ihrer Gedanken die Flammen schon faustgroß werden lassen. Ein paar weitere Wochen, und sie schaffte es, sie zu formen, zu Ringen, Bällen, pulsierenden Sternen. Und dann, auf einmal, stand Sarahs Mutter im Zimmer.

Sarah hatte gerade über drei Kerzen glühende Feuerbälle groß wie Christbaumkugeln zum Leuchten gebracht. Sofort sackten sie in sich zusammen, erloschen sogar komplett, aber die Kerze in der Hand ihrer Mutter warf noch ein schwaches Licht auf Sarahs erschrockenes Gesicht. Sie hatte niemandem davon erzählt. Es war ihr Geheimnis, weil sie Angst hatte, Angst, für verrückt erklärt zu werden, für gefährlich vielleicht. Auch ihrer Mutter konnte sie nichts sagen, die war gerade so krank. Sarah hatte Angst, wie sie reagieren würde, was passieren würde, wenn sie sich aufregte. Aber ihre Mutter war ganz ruhig. Sie ging langsam zu Sarahs Bett, setze sich hin, hustete und musste mit einem Tuch etwas Blut von ihren Lippen wischen. Sie strich Sarah sanft über die Wange, nahm ihre Hand und streichelte sie, wobei sie Sarah mit einem Blick voll unendlicher Güte, unendlicher Liebe ansah, und vielleicht, Sarah wusste es nicht genau, vielleicht lag auch etwas Stolz darin.

„Mein liebes, liebes Kind", sagte ihre Mutter und schien dann lange die richtigen Worte zu suchen. Sie war nicht überrascht, und das überraschte Sarah umso mehr, machte sie sprachlos, ließ sie gebannt auf ihre Mutter starren, gerade so als ob ihre Mutter eben das Wunder hier vollbracht hatte.

„Ich habe es gewusst, weißt du, ich habe es sofort gewusst, bei deiner Geburt, als ich das erste Mal in deine Augen sah, da habe ich es gesehen, in dir. Da habe ich es sofort gewusst."

Sarah schluckte. „Was ist das, Mutter? Kannst du das etwa auch? Warum hast du nie etwas gesagt?"

„Es war stark bei deiner Großmutter, manchmal überspringt es ein, zwei Generationen, bei mir war fast nichts.

Deshalb habe ich nie etwas gesagt, ich wollte warten, sehen, ob und wie sich die Gabe bei dir zeigt. Vielleicht hatte sie dich ja auch übersprungen. Und wie soll man über so was reden." Die Stimme ihrer Mutter wurde traurig, düster. „Aber wie gesagt, eigentlich hatte ich es sofort gewusst, gefühlt, dass es stark ist bei dir. Und wie ich sehe, ist es schon sehr stark, mein Herz." Ihre Mutter seufzte, bei aller Güte und Liebe schien sie bedrückt zu sein.

„Was ist los, Mutter? Ist das nicht gut? Ist es nicht wundervoll? Es fühlt sich so großartig an, ich liebe das Feuer, damit zu spielen, es gibt nichts Großartigeres, warte nur, bis du siehst, was ich alles kann!"

„Nein Sarah." Auf einmal lag eine eisige Strenge in der Stimme ihrer Mutter. „Es ist nicht gut! … Es ist nicht gut. Die Gabe, wie wir es immer nannten, die Gabe ist gefährlich, sehr gefährlich. Unsere Vorfahren wurden gejagt, gehasst, verstoßen, getötet wegen der Gabe. Wir haben gelernt, sie zu verstecken, vor allen, verstehst du, vor allen. Du darfst niemals jemandem etwas davon erzählen oder es zeigen, es ist viel zu gefährlich. Sie würden Angst vor dir haben, dich verhaften, einsperren, quälen, töten, wie so viele vor dir. Verstehst du das?" Sarah war geschockt von den Worten ihrer Mutter. Sie liebte das Spiel mit dem Feuer so sehr, nicht nur weil es ein Wunder und dadurch sie selbst besonders war, nein, es fühlte sich einfach so gut an, so richtig, so heil, wenn sie mit dem Feuer spielte.

„Aber was ist so schlimm daran? Ich könnte Menschen helfen, vielen helfen und vorsichtig sein, ganz vorsichtig, es würden ja vielleicht auch nur ganz wenige sehen."

„Nein, niemand! Nicht mal dein Vater. Der Gute, der weiß von überhaupt nichts. Gar nichts." Ihre Mutter wurde von einem kurzen Hustenanfall geschüttelt. „Wir wissen nicht, was es ist. Es war schon immer da bei uns in der Familie. Aber wir haben gelernt, es zu verstecken, wir mussten es verstecken. Und wir dürfen es nie zeigen, versprich mir das. Nie darfst du es jemandem zeigen, versprich es mir, Sarah."

Sarah fühlte, wie sie zornig wurde, es war gemein, so unglaublich gemein. Sie hatte sich noch nie so gut und besonders gefühlt, wie wenn sie mit dem Feuer spielte, und nun sollte sie es verstecken und nie jemandem zeigen? „Das ist gemein! Warum nicht? Ich kann doch aufpassen, wirklich, das kann ich! Mutter, bitte, bitte, ich will das nicht verstecken, ich bin ganz vorsichtig, lass mich weiter mit den Flammen spielen. Du kannst dir nicht vorstellen, wie wunderbar das ist."

„Früher, ganz früher, einer unserer Urahnen, der wurde Davidius der Drache genannt. Ein Ritter. Er hatte irgendwelche Feuerwaffen, Feuerpfeile erfunden, ich weiß es nicht so genau. Mit den Feuerwaffen wurden ganze Heere vernichtet, ganze Schlachten gewonnen. Der Legende nach starb er dann selbst auf dem Scheiterhaufen der Inquisition. Danach gab es andere, und sobald jemand jenseits der Familie von der Gabe erfuhr, wurden sie verschleppt, eingekerkert, gefoltert, aufgehängt – oder noch Schlimmeres.

Maria, die Schwester deiner Oma, die haben sie noch im Schwabenland totgeprügelt, mitten auf dem Marktplatz, weil das Dorf sie für eine Hexe hielt. Die Menschen haben Furcht vor so was, sie verstehen es nicht, wir verstehen es ja selbst nicht. Ich will dir keine Angst machen, mein Herz, bei Gott nicht, ich will dir nichts wegnehmen, aber es ist eine sehr gefährliche Gabe, Sarah. Du musst das verstehen und wissen. Und du musst sehr, sehr gut auf dich aufpassen, versprichst du mir das, mein Kind? Niemand, wirklich niemand darf je davon erfahren. Die Gabe, so schön sie sich vielleicht auch anfühlt, sie bringt Leid und Verdammnis."

Sie musste wieder husten, heftig. Sarah biss sich auf die Lippe, versuchte zu verstehen, versuchte, eine Antwort zu finden. „Ich liebe dich so sehr, mein Kind. Bitte versuch, nicht damit zu spielen. Versteck es für immer vor der Welt, mein liebes, gutes Kind. Versprichst du es mir?"

Sarah sah die Liebe und die Angst im Gesicht ihrer Mutter und alten, ganz alten Schmerz. Sie konnte nicht anders, als leise „Ja, Mutter, ich verspreche es" zu flüstern. Und dann nahm ihre Mutter sie fest in den Arm, so lange, bis sie eingeschlafen war.

Alle weiteren Fragen von Sarah konnte oder wollte ihre Mutter nicht beantworten. Sie schien nicht mehr zu wissen als das, was sie in dieser Nacht zu Sarah gesagt hatte. Nichts über die Gabe, nichts über Davidius den Drachen, über einfach gar nichts weiter, außer noch ein paar Schauergeschichten, was ihren Vorfahren alles Schlimmes aufgrund der Gabe passiert war. Und so versteckte Sarah die Gabe, das schon, aber sie trainierte weiter, heimlich, jede Nacht.

7

Mark Trensing hatte die typische Laufbahn hinter sich – oder noch vor sich, je nachdem, wie man es betrachten wollte. Er selbst versuchte, es nicht zu oft zu betrachteten, redete sich ein, dass er kein Karrieremensch war, sondern dass es ihm immer nur um Ordnung und Sicherheit ging, um die Menschen, die er schützen wollte, um den Dienst an der Gesellschaft. Das ist in meinen Genen, dachte er, denn sein Vater und sein Großvater waren auch schon bei der Polizei gewesen. Nach dem dualen Studium hatten ihn sein analytischer Verstand und seine Begeisterung direkt in die Sondereinheit Braunschweig 2 gebracht. Die war rudimentär schon Anfang des Jahrtausends installiert worden, aber nach den Boston-Marathon-Attentaten war sie massiv aufgestockt und ausgebaut worden. Mittlerweile leitete Trensing innerhalb der Braunschweig 2 eine kleine Einheit, die sich speziell mit der Überwachung von deutschsprachigen Websites und Foren beschäftigte. Es ging darum, Attentäter früh zu identifizieren. Natürlich war dies nicht die einzige Maßnahme dieser Art, es gab sehr viele, on- und offline, und alle flossen zusammen in eine große Datenbank des BKA, wo sie von einem weiteren Team ausgewertet und überwacht wurden. Letztes Jahr hatte Trensings Einheit eine besondere Belobigung bekommen. Sie hatten einen potenziellen Schulamokläufer frühzeitig identifiziert, ihn eher zufällig in mehreren Foren ausfindig gemacht, wo er sich mit anderen austauschte und seine Tat quasi öffentlich plante. Eigentlich hatten sie im Web nach Islamisten und Linksradikalen gesucht, waren dann aber über den Jungen gestolpert. Bei der Hausdurchsuchung hatte man Bombenpläne, zwei Pistolen und eine Schrottflinte gefunden; der Junge hatte noch versucht, sich umzubringen, lag zwei Wochen im Koma und war jetzt in der Geschlossenen. Wahrscheinlich hatten sie unzähligen Schülern das Leben gerettet.

An genau diese Geschichte erinnerte sein Vorgesetzter Dr. Feldberg, als er Trensing für das aktuelle Anliegen briefte. In Arnsberg, einer mittelgroßen Stadt im Sauerland, waren bei einer Schulfeier sieben Lehrer und 43 Schüler vergiftet worden. Ein Lehrer war auf dem Weg ins Krankenhaus an einem Herzinfarkt gestorben, drei Schüler wären beinahe aufgrund der Krämpfe an Erbrochenem erstickt. Es gab diverse Schlagworte, ein Profil, nach dem gescannt werden sollte. Trensings Team machte sich an die Arbeit, und dank der neuen Software, dank der NSA, die diese zur

Verfügung gestellt hatte – ja, man arbeitete hinter verschlossenen Türen noch sehr gern, sehr intensiv zusammen –, dank dieser Software halt, die auch alte, gelöschte Websites, Foreneinträge, Chatprotokolle gespeichert hatte, hatten sie schon einige Stunden später aus der Datenflut drei potenzielle Täter ausfindig gemacht. Weitere Recherchen hatten kurze Zeit danach den Hauptverdächtigen identifiziert: Chaosprince98, Sven Grossmann, achtzehn Jahre alt, wohnhaft in Arnsberg.

Die Telefone liefen heiß, Trensing stieg ins Auto und fuhr ins Sauerland.

8

Alles würde gut gehen. Bitte, bitte lass einfach alles gut gehen, wiederholte Hanna wie ein Mantra immer wieder. Sie wusste nicht so recht, was sie fühlte, was sie fühlen sollte – Angst um Sven, Wut auf Sven, Stolz, Genugtuung? Sie hatte nur ein ganz unruhiges, ganz und gar ungutes Grundgefühl.

Dann kamen die News: Insgesamt sieben Lehrer und 43 Schüler hatten zur Behandlung ins Krankenhaus gemusst. Und einer der Lehrer war an einem Herzinfarkt auf dem Weg dorthin gestorben. Man konnte nun darüber streiten, ob Svens Gepansche wirklich Schuld gewesen war, vielleicht wäre der Typ so oder so an dem Abend an einem Herzinfarkt gestorben. Wer wusste das schon? Im Endeffekt war es egal, denn die Polizei untersuchte alle Lebensmittel von der Party und fand Spuren einer Giftmischung. Es waren an dem Abend 322 Personen anwesend gewesen. Sven konnte hoffen und bangen, dass kein Verdacht auf ihn fiel. Er war sehr vorsichtig gewesen, er hatte keine Spuren hinterlassen, keiner hatte ihn gesehen, da war er sicher. Hanna musste sich übergeben, als er das schrieb.

Sie chatteten, posteten wenig an dem Tag, waren alle geschockt, gelähmt, in Angst vor dem, was passiert war, dass es jetzt einen Toten gab, aber auch vor ihren Möglichkeiten, denn je mehr Stunden vergingen, desto klarer wurde: Vielleicht würde wirklich alles gut gehen.

„Alles okay bei euch?", postete VioletPain.

„Wir sind die Kinder der Kirschblüte", postete BloodAngel als Antwort.

Es war etwas passiert, da draußen, aber auch in ihnen, bei allen. Sie fühlten eine stärkere Nähe, Verbindung zueinander und eine Kraft, eine Macht. Sie konnten sich wehren. Sie wollten sich jetzt nicht schon wieder von der Angst lähmen, von der Angst besiegen lassen.

Als die Nacht kam, kehrte aber die Furcht zurück, wurden Hannas Gedanken wieder verzweifelter. Sven hatte sich länger nicht gemeldet. Die Schule bei ihm war natürlich ausgefallen, er hatte den ganzen Tag in seinem Zimmer verbracht. In seinen letzten Nachrichten klang er wieder verunsichert. „Scheiße, ich hab Angst. Scheiße, ich hab Angst, dass ich Panik krieg. Hanna, ich muss was machen. Was soll ich nur machen?", war seine letzte Nachricht gewesen. Hanna saß auf dem Boden an ihr Bett gelehnt, sie spürte, wie die Traurigkeit, die Hilflosigkeit zusammen mit der Angst Besitz von ihr ergriffen. Sie hatte Angst, Sven zu verlieren, Angst, dass Sven sich etwas antat, ihre Gedanken stürzten wieder in die scheiß Negativspirale: Alles wurde schlimm, bedrückend, ausweglos.

Auf der verzweifelten Suche nach Ablenkung, nach Halt, nach Geborgenheit zog sie das alte Köfferchen, das ihr Vater ihr geschenkt hatte, unter dem Bett hervor. Scheiße, sie vermisste die Umarmung ihres Vaters. Sie blätterte durch das alte Märchenbuch, zog den Armreif über, las die Märchen zum hundertsten Mal, irgendwann musste sie weinen, hysterisch weinen, die Anspannung und Schlaflosigkeit brachen aus ihr heraus. Die Angst stieg zur Panik, wurde übermächtig, sie sah Sven und sich zusammen tot in einem Hotelzimmer liegen, eng umschlungen. Darüber hatten sie ab und zu in verzweifelten Nächten fantasiert. Sie fühlte, wie verloren, panisch verängstigt sich Sven jetzt fühlen musste. Sicher ritzte er gerade.

Zitternd holte sie eine Rasierklinge aus ihrem Versteck, setzte sie an den linken Unterarm, wie so oft. Fast schon erleichtert in Erwartung des Schmerzes ritzte sie druckvoll drei, vier Mal. Der Schmerz schaffte Klarheit, der Schmerz war qualvoll bekannte, grässliche Geborgenheit. Blut floss langsam ihrem Arm hinunter, ein kurzer Gedankenimpuls wollte noch, dass sie schnell den Armreif abzog, ihn nicht mit ihrem Blut, nicht mit dieser Art der Gewalt beschmutzte, aber was sollte der Scheiß, es war ihr egal, alles egal. Sie war so unendlich erschöpft, sie wurde müde, sehr schnell sehr müde. Das Blut floss in drei kleinen Strömen ihren Arm hinab, tropfte auf die Jeans. Ihr Arm fiel kraftlos zu Boden, und das Blut floss direkt über den Armreif.

Auf einmal holte Hanna ein Knacken, ein leisen Knistern aus ihrer depressiven Trance. Der Armreif war heiß, sehr heiß, er brannte auf ihrer Haut. Panisch starrte sie auf ihr linkes Handgelenk, war aber nicht in der Lage, den Armreif anzufassen, ihn abzureißen. Es sah fast so aus, als würde er das Blut ansaugen. Wenn sie ihren Arm gerade hielt, nach oben streckte, floss trotzdem beständig Blut aus den Wunden zu dem Armreif, der weiterhin ein merkwürdig knisterndes Geräusch von sich gab.

Hanna war ihr Leben lang gewohnt, sich und alles, was sie betraf, zu verstecken, auch jetzt traute sie sich nicht, ihre Mutter zu rufen, laut um Hilfe zu schreien. Sie konnte einfach nur regungslos dasitzen und zusehen. Der Armreif begann, schwach zu leuchten, zu pulsieren, ihre Haut schwoll ringsherum an. Er schien sich in ihr Fleisch zu brennen, es tat weh, aber nicht so extrem, wie es vom Anblick her müsste. Auf einmal ein kurzer, unglaublicher Schmerz, als ob ihr Arm durchgebrochen, in tausend Stücke zertrümmert wurde, und dann fühlte sie nichts mehr, der Arm war komplett taub, wie abgestorben. Kleine Drähte, Stücke des Metalls traten aus dem Armreif hervor wie Anker und bohrten sich in ihre Haut, schienen den Armreif und den Ring am Finger mit ihrem Körper komplett verschmelzen zu wollen. Plötzlich konnte sie wieder etwas spüren. Es fühlte sich so an, als ob von ihrem linken Unterarm aus etwas in ihr Blut, in ihren Kreislauf strömte. Ein glühend heißes Gefühl breitete sich über ihren ganzen Körper aus. Sie wollte schreien, bekam aber keinen Ton heraus. Sie kriegte schlecht Luft, musste würgen, ihr Kopf brannte, und eine tiefe, lähmende Dunkelheit kroch von ganz hinten, ganz unten aus ihrem Kopf hervor, zog sie hinab. Sie hatte keine Kraft mehr, ihre Augen offen zu halten. Wie von einem dumpfen, schweren Schlag getroffen, kippte Hanna ohnmächtig zur Seite.

Als sie erwachte, war es hell, vielleicht früh am Morgen. Sie lag auf dem Boden vor ihrem Bett und fühlte sich wie in einem Fieberdelirium, alles brannte, alles schmerzte, sie konnte überhaupt nicht klar denken. Sie hatte Durst, unbändigen Durst. Eine Flasche Wasser stand auf ihrem Schreibtisch, aber sie kam nicht heran. Sie versuchte aufzustehen, sackte sofort wieder zusammen, konnte ihre Augen kaum offen halten. Der Durst brannte höllisch in ihrer Kehle. Sie hatte nur einen Gedanken: trinken. Kaltes, klares Wasser trinken.

Sie versuchte, zum Schreibtisch zu robben, kam aber kaum voran. Es fehlte sicher noch gut ein Meter. Trinken, ich verdurste, scheiße, ich verdurste wirklich, dachte sie panisch. Hanna hatte keinen Blick, kein Gefühl für den Armreif, für die offenen Wunden, für diesen pulsierenden, brennenden Fleisch-Metall-Symbionten in ihrem Arm. Sie wollte einfach nur Wasser trinken, sonst nichts. Sie streckte den Arm aus, kam aber bei Weitem nicht an die Flasche. Wut, Zorn brannten in ihr auf. Die Flasche, ich will diese gottverdammte Flasche, schrie sie in verzweifelten Gedanken. Da begann die Flasche zu wackeln, erst leicht, dann stärker. Hanna registrierte, realisierte gar nicht, was passierte, sie dachte nur ganz verzweifelt, panisch, dass sie unbedingt diese Flasche brauchte, da sie sonst verdursten würde. Die Flasche wackelte heftiger hin und her, und auf einmal flog sie vom Tisch direkt in Hannas offene Hand. Hanna war nicht in der Verfassung, sich zu wundern, zu begreifen. Gierig trank sie die Flasche aus und sackte danach sofort wieder zusammen in einen tiefen Schlaf.

Als Hanna zum zweiten Mal erwachte, war es Mittag. Sie hatte keine Zeit sich zu sammeln oder zu fassen oder auch nur im Entferntesten zu begreifen, was passiert war, denn sie fühlte nur unendliche Not. Sie war aufgeschreckt worden von einem Traum. Ein Traum, der so real war, so intensive, bedrohliche Gefühle in ihr hervorgerufen hatte, dass sie sofort zu ihrem Handy stürzte. In dem Traum war eigentlich nicht viel passiert. Sie hatte Autos gesehen, mehrere schwarze, große Autos mit Männern und Waffen darin. Bedrohliche Männer. Sehr, sehr gefährliche Männer. Sie fuhren auf einer Autobahn, dann über eine Landstraße. Sie waren auf dem Weg zu Sven, das wusste Hanna, das spürte sie. Es waren die Gefühle in dem Traum gewesen, die sie aufgeweckt, aufgeschreckt hatten. Absolute Bedrohung, absolute Dringlichkeit. Diese Männer wollten zu Sven, und sie durften ihn niemals erreichen, Sven musste gewarnt werden. Mit diesem Gefühl der Panik wachte sie auf, stürzte sofort zum Telefon und ohne nachzudenken rief sie ihn an. Das erste Mal würde sie ihn sprechen, so richtig.

„Hanna?", fragte eine schüchterne, belegte junge Männerstimme.

„SVEN!", schrie sie, dann versuchte sie, sich zu fassen. „Sven, o Gott, Sven."

„Hanna, was ist los, was ist mit dir? Hanna, alles okay? Wo ... wo bist du?"

„Sven, du musst weg. Hör mir zu: Du musst da sofort weg! Bitte, Sven. Sie kommen, sie kommen, um dich zu holen. Hau sofort ab!"

„Hanna, wovon redest du? Wer? Polizei oder was? Was wissen die? Woher weißt du das?"

„SVEN!", schrie sie, immer noch panisch in den Gefühlen des Traums gefangen. „Du hast keine Zeit! Lauf, Sven, sofort!"

Ihre Panik übertrug sich auf Sven, er sah sich kurz um, packte seinen Notfall-Rucksack, stopfte noch zwei, drei Klamotten rein, griff Smartphone, Netbook, Geldbörse, zog seine Stiefel fest, nahm den Mantel, und ohne weiter nachzudenken, getrieben von Hannas Dringlichkeit und Panik, kletterte er wie so oft direkt aus dem Fenster, rannte gebückt durch den Garten, über die Mauer, hinter der Hecke weiter. An der Gablung zur Landstraße drückte er sich gerade an die Wand hinter der Bushaltestelle, als drei große, schwarze Wagen in seine Straße einbogen. Sven sah sie und wusste: Die durften ihn nicht kriegen. Vorsichtig, gebückt rannte er weiter.

9

Von der Beerdigung hatte Sarah nicht viel mitbekommen, sie war den ganzen Tag in einer eigenen Welt gefangen gewesen, einer Welt aus Trauer, Schmerz, Tränen und Verzweiflung, so wie eigentlich die ganze Woche schon. Es war absehbar gewesen, ein Monat voller Kampf, Zittern, Hoffnung, Kapitulation, und dann war ihre Mutter mitten in der Nacht einfach eingeschlafen, eingeschlafen, um nie mehr aufzuwachen. Sarah und ihr kleiner Bruder hatten geweint, geschrien vor Verzweiflung und Schmerz. Ihr Vater hatte sie in den Arm genommen, versucht zu trösten, aber Sarah hatte gefühlt, hatte in seinen Augen gesehen, dass er innerlich selbst zerbrach in dieser Nacht.

Es wurde Sarah erst in den Tagen danach wirklich klar, sie hatte es vorher nie so richtig wahrgenommen, klar gesehen, es war ja auch nicht nötig gewesen, so lange ihre Mutter gelebt hatte, aber ihre Mutter war der leuchtende, warme, liebevolle Mantel und Kern der Familie gewesen. Jetzt war alles hier, die ganze Wohnung, die ganze Stadt noch grauer, kälter, fremder. Zwei Tage lang sprach sie kein Wort. Ihr Vater, der Geschäftsmann, der immer alles im

Griff hatte, versuchte, weiterhin alles im Griff zu haben, aber er litt, Sarah konnte sehen, wie er versteinert war nach außen, während er innerlich blutete.

Immer wieder hatten Verwandte, Lehrer, Freunde Sarah vorgeworfen, nicht erwachsen genug zu sein, ein Kind bleiben zu wollen, nur in ihren Traumwelten zu leben. Aber die Welt war langweilig für sie, das Leben, die Menschen, es langweilte sie, sie bekam keinen Kontakt zu den Menschen, außer zu ihrer Mutter, ihre Mutter war für Sarah immer die Verbindung zu den anderen Menschen gewesen, ihr liebevoller Dolmetscher in die Welt der rationalen Zwänge.

So war auch die Schule eine einzige Zumutung für Sarah. Sie empfand es als bodenlose Frechheit, als unerträgliche Ungerechtigkeit, so viele Stunden am Tag in der Schule mit diesen Lehrern, diesen Themen, diesen Aufgaben, in diesem Drill verbringen zu müssen. Es war langweilig, es fehlte jeglicher Funken von Inspiration und Leidenschaft, es war für sie meistens eine körperliche und seelische Qual, die Stunden in der Schule durchzustehen. Dabei war sie so neugierig, wollte so viel erfahren und wissen und immer neue Geschichten hören, neue Geschichten lesen, aber nicht so stupide, so gequält, so eingezwängt wie in der Schule. Nach einiger Zeit dachte man, es spuke in der Schule. Denn immer wieder entzündeten sich spontan Notizhefte der Lehrer, Klausuraufgaben, ja sogar Schwämme der Tafeln. Es ging sogar so weit, dass ein preußischer Polizeioberhauptmann zusammen mit zwei Polizisten in die Schule kam, um die Vorfälle zu untersuchen. Merkwürdigerweise hörten diese Vorfälle aber genau an dem Tag auf, an dem der Polizeioberhauptmann seine Untersuchungen in der Schule begann. Sarahs Mutter erfuhr nie davon, aber sie kannte ihre Tochter, sie kannte sie nur zu gut, und auf dem Sterbebett ließ sie Sarah deshalb noch einmal schwören, ihre Gabe nie öffentlich einzusetzen, für immer vor allen Menschen zu verstecken.

Ein paar Wochen nach der Beerdigung stand Sarahs Vater im Wohnzimmer, sah aus dem Fenster. Er wirkte auf einmal so klein, so verloren, so fehl am Platz hier in dieser stillen, leeren Wohnung. Sarah ging zu ihm, steckte ihre Hand in seine, lehnte ihren Kopf an seine Schulter. Zusammen sahen sie aus dem Fenster. Berlin war neblig, grau, diesig, klamm.

„Wir müssen hier weg, Sarah", sagte ihr Vater. „Paris ist schön, magisch. Ich weiß, du warst noch nie da, aber ich sage dir, Paris ist wundervoll. Es wird dir und deinem Bruder sehr gefallen. Ich habe eine neue Stelle in Paris angenommen, für meine Bank. Wir werden alle dort hinziehen. Nächsten Monat schon."

Ein heißer Schauer glitt über Sarah. Paris! Weg aus dieser toten Stadt hier. Sie sah eine Chance, eine Möglichkeit. Leben. Sie drückte die Hand ihres Vaters ganz fest, den Kopf noch stärker an seine Schulter. Er legte seinen Arm um sie. „Wir werden das schaffen, Sarah. In Paris werden wir das schaffen."

Am Tag vor ihrer Abreise war Sarah in großer Aufregung, freudiger Erwartung. Sie hatte so viel sie konnte über Paris gelesen, in Erfahrung gebracht, für sie war es die pure Hoffnung. Klar, in Berlin hatte sie viele Bekannte, aber auf die Art, wie Sarah halt Bekannte hatte, sehr distanziert, nicht herzlich, nicht liebevoll, nicht inspirierend, berührend. Und sie hasste diese Stadt schon länger, fühlte sich hier so gefangen, bedrückt, in Paris sollte alles viel freier sein, viel lebendiger. Ihre wichtigste Freundin war zudem immer ihre Mutter gewesen, und die war nun tot, und alles in dieser

Stadt verband sie mit ihrer Mutter, erinnerte sie an die Zeit mir ihr. Sarah wollte nur weg von hier. Koffer und Kisten waren gepackt, morgen früh würden die Kutschen kommen, sie zur Bahn bringen. Was für ein spannendes Abenteuer! Ihr Vater klopfte vorsichtig an die Tür, obwohl diese ein Stück weit offen stand. Sarah lächelte ihm zu. Er hatte ein hölzernes Kästchen in der Hand.

„Ich habe hier etwas für dich. Es ist … Ich wusste nicht, wann ich es dir geben sollte, aber … aber ich wollte es unbedingt noch in Berlin machen, damit wir das vor Paris irgendwie hinter uns haben. Es ist von deiner Mutter. Sie hat es dir hinterlassen. Ein altes Erbstück aus ihrer Familie. Nun kenne ich mich mit Schmuck nicht so aus, das weißt du." Er lächelte. „Es ist deins, es gehört dir. Du kannst damit machen, was auch immer du für richtig hältst." Er gab ihr das Kästchen, küsste sie vorsichtig auf den Kopf, dann ging er wieder.

Es war ein altes Kästchen, gar nicht so klein, vielleicht so groß wie zwei nebeneinandergelegte Bücher, aus dunklem, edlem, lackiertem Holz, sehr altem Holz. Vorsichtig öffnete Sarah das Kistchen. Darin befand sich ein Amulett an einer Kette. Groß und schwer war es, aus einem merkwürdigen Metall, kein Gold oder Silber. Ein Dreieck mit spitzen Zacken. Dicke Ornamentlinien durchzogen es, und an einigen Stellen waren Erhebungen, Kugeln, Beulen in dem Amulett. Sarah strich mit ihrer Hand darüber. Im Kerzenlicht sah es so aus, als würde das Metall schwach, pulsierend leuchten, wenn sie es berührte, aber es war wohl nur eine optische Täuschung. Sie konnte nicht sagen, ob sie das Amulett schön fand oder klobig, scheußlich, hässlich. Aber egal, es war von ihrer Mutter, sie würde es stolz und in Ehre tragen. Sie legte sich ins Bett, mit einer Hand auf dem Kistchen neben ihr. Paris, Paris, ich komme. Ein strenger Blick von Sarah zur Nachttischkerze ließ diese erlöschen.

10

Hanna saß wieder auf dem Boden an ihr Bett gelehnt, das Handy noch immer in der Hand. Langsam wurde sie klar im Kopf, verflog der Traum, die Panik, nahm sie ihre Umgebung wieder war, kam die Erinnerung zurück. Ihr Blick glitt hinunter zu ihrem linken Unterarm. Ach du Scheiße! Der Armreif pulsierte nicht mehr, leuchtete nicht mehr, aber er war fest mit ihrem Unterarm, mit ihrem Fleisch verschmolzen, verankert durch kleine und größere Metallstücke, Drähte und Hautfetzen. Alles sah wund und roh aus, aber es tat nicht mehr weh und blutete nicht mehr. Ganz im Gegenteil. Hanna fühlte sich gesund und frisch. So fit und heil hatte sie sich seit Jahren nicht mehr gefühlt. Ihr Kopf war klar, ihr Körper hatte Kraft. Scheiße, was war hier los?

Sie ging ins Wohnzimmer, wo ihre Mutter gerade am Tisch saß, einen Kaffee trank, aus dem Fenster sah, versunken, gefangen in ihren Gedanken, wie so oft. Hanna hatte ein Handtuch um den Arm gewickelt.

„Mama", sagte sie zögernd, mit leicht zitternder Stimme. „Mama, wir müssen mal dringend reden."

Der Blick ihrer Mutter schweifte langsam zu ihr herüber, schien von ganz weit weg zu kommen.

„Weißt du noch, der alte Armreif von Papa, der angeblich von Uroma stammt. Mama ..." Hanna wickelte das Handtuch von ihrem Arm. Es war ein spitzer, alarmierender, gequälter Schrei, den ihre Mutter ausstieß. Sie sprang auf, stieß ihren Stuhl fast um. So aktiv hatte Hanna ihre Mutter noch nie erlebt.

„Hanna! Kind, nein!", rief sie. Dann besann sie sich etwas, schien nachzudenken, kaute auf ihrer Lippe, ging auf und ab.

„Kennst du das Mama? Was ist das? Was ist los?" Ein leichter Hauch von Hysterie schwang in Hannas Stimme mit. In schnellen Schritten war ihre Mutter bei ihr, nahm sie in den Arm, fest, so fest, wie ewig nicht mehr.

„Alles wird gut, Hanna, alles wird gut. Es ist das Erbe deines Vaters, das verdammte Erbe deines Vaters. Alles wird gut." Ihre Mutter schien mehr zu sich selbst als zu ihr zu sprechen, doch dann sah sie Hanna direkt an. „Du musst jetzt ganz ruhig bleiben, Hanna, es gibt Hilfe, ich werde Hilfe holen. Alles wird wieder gut werden. Ich muss telefonieren, ich weiß, wen ich anrufen kann, dann wird alles gut, Hanna." Die Hand ihrer Mutter streichelte sie, wollte kurz beinahe auch den Armreif anfassen, zuckte dann aber zurück.

„Geh in dein Zimmer, bitte, leg dich hin, mach ganz ruhig. Ich telefoniere, ich suche nur schnell die Nummer, dann bin ich gleich wieder bei dir." Ihre Mutter fing an, in einer Schublade zu wühlen, ihr altes Notizbuch zu suchen.

„Mama! Was ist das? Was ist los?" Hanna war wütend, fordernd.

„Ich ... ich muss telefonieren, es wird alles gut, Hanna, es ist nicht schlimm, wir kriegen das hin", antwortet ihre Mutter panisch suchend.

Sie ist ganz bei sich, wie immer nur bei sich, sie sieht mich gar nicht mehr, dachte Hanna. Verdutzt, sprachlos von der Reaktion ihrer Mutter ging Hanna wieder in ihr Zimmer. Verwirrt setzte sie sich auf ihr Bett, sah ihren Arm an. Das verdammte Erbe ihres Vaters. Sie versuchte, sich zu erinnern, an ihren Vater, an Gespräche mit ihm, an den Tag, als er ihr den Koffer schenkte. Es fiel ihr schwer, es war so lange her, so weit weg. Aber sie fühlte die Nähe, die Umarmung ihres Vaters, roch seinen Geruch. Und sie erinnerte sich, wie konnte sie das nur vergessen haben, sie erinnerte sich an die Metallschiene, die ihr Vater am rechten Oberarm getragen hatte. Er hatte sie fast immer bedeckt, ganz selten hatte sie die Schiene gesehen. Man hatte ihr gesagt, sie stamme von einem alten, komplizierten Bruch nach einem

Skiunfall, eine archaische Bruchschiene, Trümmerbruch oder so. Aber diese Schiene, dieses Metallstück, das sich um den Oberarm ihres Vaters schlang, sah jetzt in ihrer Erinnerung irgendwie von der Gestaltung, von der Art her dem Armreif verdammt ähnlich. Warum war ihr das nie aufgefallen?

Aus dem Wohnzimmer hörte sie die Stimme ihrer Mutter, sie telefonierte, aber Hanna konnte nicht verstehen, was sie sagte. Sie sah ihr Kopfkissen am Bettende an, es war vielleicht dreißig, vierzig Zentimeter außerhalb ihrer Reichweite. „Darin findest du alle Wunder dieser Welt, die du brauchst", hörte sie ihren Vater in ihrer Erinnerung sagen. Hanna streckte ihren Arm aus. Komm, komm zu mir. Sie konzentrierte sich, versuchte, das Kissen zu fühlen, es zu heben. Und tatsächlich, langsam, wackelnd, erhob sich das Kissen. Der Armreif begann, ganz sacht pulsierend zu leuchten, wurde spürbar warm, heiß, Hannas Kopf glühte. Scheiße, scheiße, scheiße, was geht hier ab? Es kostete Kraft, viel Kraft, Hanna schwitzte, aber das Kissen erhob sich wenige Zentimeter über das Bett. Ein starker Willensimpuls von ihr, und das Kissen flog direkt in ihre Hand. Hanna stöhnte vor Erschöpfung auf.

Kurz darauf klopfte ihre Mutter an die Tür. Sie sah erleichtert aus, gefasst. „Hanna, ein Mann wird kommen, er wird uns helfen. Ich … ich kann dir das alles nicht erklären. Ich verstehe es doch auch nicht. Dein Vater ist schuld. Er war es, der immer diese Sachen …"

„Was denn für Sachen?", platzte es aus Hanna heraus. „Mama, was war mit Papa? Was ist das? Und was war mit Papas Armschiene?" Hanna wurde fast wahnsinnig vor Wut, nichts zu erfahren, wie immer eine Marmorstatue vor sich zu haben.

„Ich kann das nicht, bitte, Hanna, ich kann das nicht. Ich schaff das nicht noch mal. Ich konnte nie verstehen, was das war, und es war gefährlich, und ich durfte auch nichts wissen. Aber Hanna" – ihre Mutter lächelte nervös – „ich habe Hilfe geholt. Der Mann ist gut, ein guter Mann, er ist ein Freund von deinem Vater, er wird uns helfen, er wird dir helfen, dann wird wieder alles gut, und du bist das grässliche Ding los. Ich wusste ja gar nicht, dass du es noch hast." Und mehr zu sich selbst sagte sie noch: „Ich wusste es nicht. Ich wusste es einfach nicht. Alles wird wieder gut, versprochen."

Hanna sah sie mit großen verwunderten, verständnislosen Augen an. „Bleib schön hier sitzen, ich mache uns was zu essen. Du hast doch sicher Hunger jetzt." Sie zögerte noch kurz, Hannas Mund bewegte sich, sie fand aber keine Worte mehr, sie fühlte nur die unendliche Hilflosigkeit, Müdigkeit, Angst, Einsamkeit ihrer Mutter. Dann ging sie hinaus.

Hanna sah auf die geschlossene Tür und dachte, ich liebe dich, du liebst mich, aber ich kann dir nicht helfen, und du kannst mir nicht helfen. Sie blieb auf ihrem Bett sitzen, aber sie saß nicht wie sonst von Müdigkeit und Traurigkeit in die Ecke gedrückt, nein, sie war verwundert, fühlte sich frisch, trotz der Erschöpfung nach dem Ding mit dem Kissen, trotz der Enttäuschung über die Reaktion ihrer Mutter. Sie fühlte, dass einiges anders war in ihr. Sie hatte schon immer die Stimmen im Kopf gehabt, jetzt waren sie aber klarer, besser zu ordnen, und ihr wurde klar, es waren nicht wirklich Stimmen, nein, es waren Gefühle. Ja, Gefühle. Sie hatte die Angst, die Hilflosigkeit ihrer Mutter gefühlt, konnte jetzt aber auf einmal ganz klar differenzieren, dass es die Gefühle ihrer Mutter und nicht ihre eigenen waren.

War das etwa all die Jahre so gewesen? War es immer nur die Traurigkeit, Müdigkeit, Einsamkeit, der Schmerz ihrer Mutter gewesen, den sie gefühlt hatte? Und hatte sie nur gedacht, es wären ihre eigenen gewesen? Das wäre sicher übertreiben – oder? Aber so, wie es sich jetzt anfühlte, war es, als ob sie das erste Mal mehrere Scheiben auseinanderzog, eine Matrjoschka-Puppe auseinandernahm und klar ordnen konnte, was ihre Gefühle und was die ihrer Mutter waren, die sie in sich spürte. Sie dachte an Sven. Wo war Sven jetzt, was fühlte er gerade?

Sie machte den Rechner an, checkte ihr Handy, nichts, keine Nachricht von Sven. Sie fragte die anderen, keiner wusste etwas. Sie chattete mit VioletPain über ihren Traum mit den Autos und den Anruf bei Sven. VioletPain beruhigte Hanna, der wird es sicher geschafft haben, der ist nicht doof. Sie versprachen sich, im engen Kontakt zu bleiben, füreinander da zu sein. Von der Sache mit dem Armreif erzählte Hanna nichts. Sven schrieb sie: „Wo bist du? Wie geht es dir? Ich denk an dich. Ich bin bei dir." Und dann wartete sie.

Ein Mann wird kommen, ein guter Mann. Hanna dachte an die Autos aus dem Traum mit Sven. An die Panik, die Bedrohung. Sollte sie auch weglaufen? Aber sie wollte wissen, was los war, und wenn es ein Freund ihres Vaters war, wollte sie ihn treffen. Außerdem, sie vertraute und liebte ihre Mutter trotz allem irgendwie. Oder hatte sie wieder nur

Angst, war sie zu faul, selbst irgendwas zu unternehmen? Sven, eigentlich wollte sie zu Sven. Aber wie? Okay, was jetzt machen, Hanna, und wie? Ich warte, ich warte auf den Mann, um Antworten zu bekommen, und warte gleichzeitig darauf, dass Sven sich endlich meldet. Okay, das ist der Plan. Ist das ein Plan? Einfach zu warten?, dachte Hanna verwirrt. Um sich abzulenken, um nicht entscheiden, nicht handeln zu müssen, widmete sie sich wieder ihrem Arm. Sie fühlte sich kräftiger und versuchte diesmal, ein Buch aus dem Schrank am anderen Ende des Zimmers zu erreichen. Unter größter Anstrengung schaffte sie es, dass das Buch aus dem Regal auf den Boden fiel. Danach war Hanna wieder so erschöpft, so maßlos erschöpft, dass sie ihre Augen schloss, um ein wenig auszuruhen, gleich würde Sven sich sicher melden, gleich.

11

Paris war laut, sehr dreckig, gar nicht so anders als Berlin. Aber irgendwie war Paris für Sarah mehr Licht, mehr Himmel, feiner, auch überfüllt mit hektischen Menschen, aber angenehmer, lebendiger, wuselig, und es war fremd, aber nicht bedrohlich fremd, nein aufregend fremd. Natürlich war Sarah einsam, kannte zunächst niemanden, sprach nur gebrochen Französisch, aber sie lernte schnell, orientierte sich, entdeckte immer mehr von dem Viertel, in dem sie wohnten, von der Stadt. Und vielleicht lag es daran, dass sie hier die Fremde, die Neue, die Ausländerin war, aber es schien sich keiner an ihrer ruhigen, verträumten Art zu stören. Auch ihr Vater war glücklicher, abgelenkt, ihr Bruder fand schnell Freunde, und überhaupt, alles andere war egal von dem Tag an, als Paris nur noch Sarah und Sandrine war, nicht mehr, nicht weniger, sie waren alles.

Sandrine hatte Sarah gefunden, natürlich. Sandrine war wie Paris, laut und dreckig, wuselig und fremd, aber auch fein, voller Licht und herzlichem Lachen. Sie war ein selbstbestimmtes Mädchen mit einem schnellen, frechen Mundwerk, so komplett anders als Sarah und doch so ähnlich. Denn sie beide liebten Geschichten, Romane, Tagträume, und sie beide liebten es, fremde Orte, die Stadt zu entdecken. Eines Nachmittags saß Sarah in dem kleinen Park am Ende ihrer Straße und las, da setzte sich Sandrine einfach neben sie.

„Ich kenne dich, weißt du? Klar, alle kennen dich, die blonde Deutsche, das kleine Püppchen, deren Haar so golden leuchtet. Meins ist nur straßenköterblond. Aber weißt du was? Das stört mich gar nicht, manche nennen mich sogar so, Straßenköter. Aber weißt du was? Das stört mich auch überhaupt nicht, ich liebe das sogar, weil das bin ich, ein Straßenköter, ein echter, wilder Straßenköter, der überall herumstreunt, frei, frech, überall die Nase reinsteckt. Ich hab dich beobachtet, weißt du, die Leute reden ja auch viel über dich, dein Vater arbeitet bei der Strauß-Baumann-Bank, nicht?

Ja, ja, ich weiß das, ich weiß alles hier im Viertel, ich kenn die ganze Stadt, jeden Winkel, ich kann dir die geheimsten Orte zeigen, möchtest du das? Möchtest du mal was ganz Tolles sehen? Dann musst du mitkommen. Ich heiße Sandrine, du bist Sarah, du bist jetzt meine Freundin. Sarah und Sandrine, das klingt schön, finde ich, findest du nicht? Kommst du mit? Ich muss dir was zeigen!", hatte Sandrine wie ein Wasserfall gesagt, und Sarah sah sie nur mit großen, verwunderten Augen an, nickte stumm und ging ihr hinterher. Von da an waren sie unzertrennlich.

Der Blumenladen von Madame Corday war ihr Treffpunkt, denn hier arbeitete Sandrines Mutter als Binderin, Putzfrau, Mädchen für alles. Hier wohnte Sandrine in einem winzigen Kellerzimmer. Jede freie Minute trafen sie sich, entweder zogen sie dann los auf Entdeckungstour, oder aber Sarah las aus einem Roman vor, und sie erzählten sich, wie es gewesen wäre, damals, wenn sie sich kennengelernt hätten als zwei französische Baronessen am Hof des Sonnenkönigs. Im Viertel waren sie schnell bekannt, weil man sie nur noch zusammen sah, die beiden Mädchen, die überall ihre Nase reinsteckten, alles entdecken, erkunden wollten. Die eine derb und vorlaut, die andere leise, stolz, fast schon aristokratisch in ihrem Auftreten. Natürlich gefiel das nicht jedem, zwei Mädchen, junge Frauen, die so selbstbewusst, selbstverständlich umherzogen, die eine noch dazu mit einem losen, derben Mundwerk. Und auch Sandrines Mutter wollte eigentlich, dass Sandrine arbeitete, Geld verdiente, aber Sandrine ließ sich nichts sagen, nichts vorschreiben, von niemanden. Und trotz ihrer derben Art hatten die meisten Menschen im Viertel sie einfach gern.

Sarahs Vater war wider Erwarten sehr froh über diese Freundschaft, da er zum einen nicht viel Zeit für seine Kinder hatte, er musste sich in die neue Stelle, die neue Stadt, das neue Land einarbeiten, und das Hausmädchen war nun wirklich keine Bezugsperson für Sarah, sie war hauptsächlich für den kleinen Jakob da. Zum anderen, viel wichtiger, sah er seine Tochter endlich wieder lachen, strahlen und selbst die Wut- und Tobsuchtsanfälle zuhause wurden sehr selten. Wenn auch Nachbarn und neue Freunde meinten, dass es sich nicht schickte, die Tochter eines höheren Bankangestellten zusammen mit einer Putzfrauentochter, ihm war es egal; so lange seine Tochter glücklich war und ihm abends mit leuchtenden Augen von ihrem Tag erzählte, so lange war für ihn alles in bester Ordnung.

12

Hanna wurde von einer Nachricht geweckt. „Forum", mehr stand da nicht. Sie loggte sich ein. Sven hatte gepostet. Es ging ihm gut. Er war in Dortmund. Hanna hatte recht gehabt mit ihrem Traum, mit der Warnung. Er war im letzten Moment entkommen.

„Pass auf, die haben mich gefunden, ich weiß nicht, wie, aber das ist nicht gut. Hanna, die haben sicher meine Handynummer und so weiter, die gehen da jetzt die ganzen Verbindungen durch. Du bist die Letzte, na ja, ehrlich gesagt, du bist die Einzige, die mit mir in den letzten Tagen telefoniert hat. Ich gehe jede Wette ein, dass die schon unterwegs sind zu dir. Du musst auch sofort abhauen, verstehst du. Sofort! Wir kommunizieren hier über das Forum, das sollte noch halbwegs sicher sein."

Wie immer entbrannte eine Diskussion. Was ist schon sicher? Und warum sollte Hanna abhauen, sie hatte doch nix gemacht. Sie würde aber sicher verhört werden, sie würden ihren Computer beschlagnahmen und wer weiß was noch. Was die anderen nicht wussten, war die Sache mit dem Armreif. Hanna hatte in diesem Moment überhaupt keine Lust, mit der Polizei, Ärzten oder sonst wem darüber zu reden. Sie wollte zu Sven. Bei dem Gedanken, dass die Polizei in ihr Zimmer stürmen würde, bekam sie Panik. Auch der angeblich gute Mann, der alte Freund ihres Vaters schien ihr in diesem Moment bedrohlich.

„Scheiße, wir brauchen einfach Zeit, wir müssen uns treffen und in Ruhe reden, in Ruhe überlegen. Ich hau jetzt ab. Ich will dich sehen, mit dir reden. Wo treffen wir uns?", postete Hanna und war selbst von so viel Elan und Eigeninitiative überrascht. Suki_chan bekam auf einmal Angst, dass sich das jetzt alles derbe zuspitzen und eskalieren würde. VioletPain machte ihr klar, dass alles schon derbe eskaliert war und sie jetzt versuchen müssten, wieder die Kontrolle zu bekommen. Genau deshalb wollte Hanna durch die Flucht sich und Sven Zeit verschaffen, wenn denn die Polizei wirklich ihre Nummer, ihre Identität hatte, wovon nach Kenntnisstand aller Fernsehserien auszugehen war. Sie hoffte bei Sven auf Sicherheit, Geborgenheit und Verständnis, auch wegen dieser Armreif-Geschichte, sie musste mit jemandem darüber reden. Mit wem, außer Sven? Hier, zuhause, gab es nichts mehr für sie. Das Forum, die Mails mit Sven, das waren ihre einzige Heimat, ihre einzige Zuflucht gewesen. Ihre Entscheidung stand. Alle versprachen sich, zusammenzuhalten „Wir werden uns schützen, wir werden auf uns achten, wir werden uns verteidigen. Wir sind die Kinder der Kirschblüte."

„Okay, Hanna, morgen 14 Uhr auf der Schleusenbrücke direkt beim Rathaus in Hamburg. Okay? Hier ist ein Bild von der Brücke. Das ist ein öffentlicher, großer Platz mit viel Gewusel. Schaffst du das?", postete Sven.

„Ja, ja, klar. Das schaff' ich. Okay, ich bin unterwegs", schrieb Hanna und packte eiligst ihre Sachen. Sie überlegte noch kurz, wie sie sich erkennen würden, sie hatten bisher nur stark bearbeitete Fotos oder kaum erkennbare Ausschnitte getauscht, das Aussehen war ihnen so egal gewesen, natürlich irgendwie interessant, aber am Ende doch egal. Ach was soll's, Hanna war sich sicher, dass sie sich einfach erkennen, erspüren würden. Hamburg, die Schleusenbrücke, da war irgendwas in irgendeinem Film, irgendeinem Buch gewesen, das Sven so toll fand, da hatte das eine Rolle gespielt. Klingt gut, dachte Hanna, immer noch leicht irritiert von ihrem Aktionismus und ihrer Aufbruchsstimmung, die sie so gar nicht von sich kannte. Auf nach Hamburg.

Hannas Mutter hatte Essen gekocht, es stand kalt auf dem Tisch, sie selbst wieder in Gedanken versunken am

Fenster zum Garten. Als sie Hanna sah, im Mantel, mit Rucksack über der Schulter, sagte sie nichts, sie lächelte nur leicht, ganz zaghaft, und eine Träne lief ihr über die Wange. Hanna lief zu ihr, nahm sie in die Arme, drückte sie an sich, flüsterte: „Ich liebe dich, Mama."

Ihre Mutter küsste sie, flüsterte: "Ich liebe dich auch, Hanna. Ich … Ich liebe dich." Dann befreite sich Hanna aus der Umarmung, ging langsam, zögernd aus dem Zimmer, wurde im Flur schneller, sprang förmlich aus der Wohnungstür. Auf der Straße wollte sie nicht rennen, um nicht zu sehr aufzufallen, ging aber, so schnell sie konnte, in Richtung Bahnhof, stolperte beinahe. Ein Auto kam ihr entgegen, und sie hatte das Gefühl, aus dem Wagen heraus durchdringend beobachtet, gemustert zu werden; sie traute sich nicht hinzuschauen.

Hätte Hanna hinter sich geschaut, hätte sie gesehen, wie das Auto vor ihrem Haus hielt, ein junger Mann ausstieg, ihr kurz nachsah und dann zur Tür ging und klingelte. Ihre Mutter öffnete und sprach kurz mit dem Mann. Er lächelte nett, verständnisvoll, sagte etwas wie: „Sie haben richtig gehandelt, machen Sie sich keine Sorgen. Ich werde mich um Hanna kümmern, ich werde aufpassen, das habe ich versprochen." Dann ging der Mann wieder zu seinem Auto und fuhr schnell Richtung Bahnhof.

Der Zug in die nächste Großstadt, von wo aus Hanna weiter nach Hamburg fahren konnte, fuhr in fünfzehn Minuten. Sie hatte bei der Sparkasse ihr Konto leer geräumt und sich eine Fahrkarte gekauft. Sie plante, in einem Motel One oder so in Hamburg günstig unterzukommen, bis zum Treffen mit Sven Kraft zu sammeln, nachzudenken, in Ruhe zu planen. Sie kam sich so allein vor auf dem Gleis, allein in dieser scheißverfickten Welt. Aber nicht lähmend, verängstigt allein, sondern anders als sonst, ungebunden, abenteuerlich, nichts zu verlierend, ich-scheiß-auf-alles-allein. So, Welt, so, Leben, ich gegen dich, jetzt werden wir sehen, was passiert, dachte sie. Sie wusste, sie hatte Freunde, Verbündete, nur nicht hier, sondern im Forum, aber die waren immer so weit weg. Sie brauchte sie real bei sich, es war die richtige Entscheidung, sie musste jetzt Sven treffen.

Hanna fühlte sich auf dem Gleis beobachtet, spürte Blicke in ihrem Rücken, wagte aber nicht, sich umzudrehen, ging langsam zum Zug, der gerade einfuhr. Sie fand ein leeres Sechserabteil, zog schnell die Tür und Vorhänge zu und setzte sich. Sie erschrak kurz, als vor ihrem Fenster jemand den Bahnsteig entlangrannte, kurz zu ihr hineinschaute und noch im letzten Moment in den Zug sprang. Sekunden später wurde die Tür zu ihrem Abteil aufgerissen – von Nicole, mit Mütze, Parka, Rucksack, schwer atmend. Sie sahen sich kurz an, dann warf Nicole ihren Rucksack in einen Sitz, zog den Parka aus und setzte sich stumm neben Hanna. Mit offenem Mund starrte Hanna auf Nicole. Wollte fragen: Was zur Hölle machst du denn hier?, brachte aber keinen Ton heraus. Nicole sah Hanna kurz an, dann in die andere Richtung aus dem Fenster. Sie schluckte und sprach ungewohnt leise, fast zitternd: „Ich ... ich bin VioletPain."

Hannas Herz raste, Nicole sah immer noch weg, knetete ihre Hände. Ihre Pulloverärmel waren hochgerutscht, und Hanna konnte unzählige kleine, weiße Narben auf ihrem Unterarm sehen. Sie hatte nie bei Nicole darauf geachtet, sicher hatte sie in der Schule auch immer langärmelige Klamotten getragen. Hanna wusste nicht, was sie sagen sollte, fand keine Worte. Aus dem Forum wusste sie über VioletPain, dass sie mehrmals vergewaltig worden war, als sie noch jünger gewesen war, dreizehn oder vierzehn oder so, von ihrem ersten Freund, ihrer großen Liebe. Und dass es noch mindestens einen anderen heftigen Übergriff danach geben hatte. Aber sie hatte niemandem offline davon je erzählt. VioletPain hatte immer von ihrem Maskenspiel geschrieben, dass sie die Vergewaltigungen, ihren Schmerz, ihre Qualen immer vor allen versteckte, verstecken musste, weil sie auf eine für sie selbst verrückte Weise zu stolz war, davon zu erzählen, zu verletzt war, dass es ihr passiert war, dass ihr das angetan wurde. Sie konnte die Wunden nicht zeigen, außer im Forum, wo sie darüber sprach. Wie so viele Opfer suchte sie einen Teil der Schuld immer wieder bei sich, wenn auch irgendwann nicht mehr an den Taten, so doch daran, mit dem, was ihr angetan worden war, nicht klarzukommen, nicht einfach wieder in der Lage zu sein, ein unbeschwertes glückliches Leben zu führen. So spielte sie ihr Maskenspiel, war eine Schauspielerin in einem miesen Theaterstück mit lauter dummen Statisten. Sie war aber gefangen in dieser Rolle. Eine Rolle mit einer weißen, zynischen und trotzdem beliebten, heilen Maske, hinter der sie still die Qualen litt, still um Atem rang.

VioletPain hatte oft darüber geschrieben, wie heftig es für sie war, dass sie es auch als Verrat an sich selbst empfand, dass sie nie die Kraft gefunden hatte, aus der Rolle auszubrechen, die Rolle aufzugeben, nie die Kraft gehabt hatte, die Maske abzulegen. Es schien, dass Nicole genau diese Kraft jetzt gefunden hatte. Hanna nahm ihre Hand, drückte sie fest und spürte, wie Nicole den Druck erwiderte.

13

Sie hatten den Jungen verpasst, er war abgehauen, entwischt. Das wurde Mark Trensing sehr schnell klar, als er im Zimmer von Sven stand. „Hier ist jemand fluchtartig abgehauen", sagte er zu den Kollegen, die noch im Flur standen und das Chaos im Zimmer sowie das offene Fenster nicht direkt sahen. Aber er kam sich selbst etwas blöd dabei vor, Offensichtliches festzustellen.

Mit zehn Polizisten hatten sie das Haus umstellt und gestürmt. Eine völlig geschockte Mutter saß nun in Tränen aufgelöst, ihre Nachbarin tröstend auf sie einredend, am Wohnzimmertisch und konnte überhaupt nicht begreifen, überhaupt nicht verstehen, was ein älterer Kriminalbeamter ihr da erzählte und sie immer wieder fragte. Ihr Junge? Niemals! Trensing hatte sofort erkannt, dass diese Frau keine Hilfe sein würde, für niemanden. Er ging in Svens Zimmer in die Hocke, sah sich um, hob ein Manga vom Boden auf, blätterte darin. Er spielte den Profiler, den intelligent kombinierenden, psychologisch versierten Kriminalexperten. Aber er wusste, dass er ihn nur spielte, nur zu gern spielte. In Wahrheit war er lediglich ein guter Teamchef, kannte sich ein bisschen mit Computern, Social Media und

Algorithmen aus und mit Netzwerken innerhalb der Polizei. Mehr war er nicht, das wusste er, aber ihn hatte der Ehrgeiz gepackt. Es könnte sein Fall sein. Er wollte diesen Jungen kriegen. Also besann er sich, etwas hilflos aus der Rolle fallend, als er in dem Zimmer keinen weiteren Anhaltspunkt zur Flucht fand, auf das, was er wirklich konnte: Teamführung und Algorithmen.

„Meier!", zitierte er einen Polizisten ins Zimmer. „Den Computer abbauen und mitnehmen, und schauen Sie, ob Sie sonst noch Handys, Laptops, Tablets, irgendwas finden. Nehmen Sie auch gleich den Rechner und die Tablets der Eltern mit." Dann holte er sein Handy aus der Tasche und rief im Büro an. „Ja, der Vogel ist ausgeflogen. Wir müssen jetzt seine E-Mails, sein Handy und dieses Forum da überwachen. Permanent, vierundzwanzig sieben. Ich will sofort über alles Meldung haben. Wir müssen wissen, wo er hin ist, was er vorhat. Brockmann, wenn wir den Jungen in achtundvierzig Stunden haben, geb ich einen aus. Kriegt ihr das hin? … Danke!"

14

Weil sie es ihrer Mutter versprochen hatte, hielt sich Sarah daran, niemandem von ihrer Gabe zu erzählen. Sie versteckte sie, übte heimlich, meist nachts in ihrem Zimmer. Aber ihr war sehr schnell klar gewesen, dass sie es irgendwann Sandrine erzählen, es ihr zeigen würde. Sie wusste nur noch nicht genau, wann und wie. Sie hatte Angst, vielleicht etwas zwischen ihnen zu zerstören, denn ansonsten teilten sie alles, alle Gedanken, Träume, Geheimnisse, es war einfach zu schön. Nur bei der Gabe hatte Sarah Angst. Sie fürchtete sich, wie Sandrine wohl reagieren würde, wusste aber selbst nicht, wieso eigentlich.

Es gab zögerliche kleine Tests seitens Sarah, wie einmal, als sie zusammen eine wundervolle gotische Kirche aufsuchten, am Nachmittag, es fand gerade eine Taufe statt, und auf einmal sprang das Feuer von den Kerzen am Altar über auf einen der Kerzenleuchter an einer der Säulen, die normalerweise erst zum Abend angezündet wurden, und von da aus weiter zum nächsten Kerzenleuchter und noch weiter zum nächsten und entzündete so nach und nach alle Kerzen in der Kirche. Sandrine lachte erstaunt, Sarah mit ihr, und die Gäste der Taufe schauten verwundert um sich, bekreuzigten sich, beteten, und am nächsten Morgen wurde zum Vatikan ein Brief entsandt mit der Bitte um eine päpstliche Untersuchung des Wunders von der Taufe des kleinen Maurice zu Paris.

Ein anderes Mal hatten sie etwas Verbotenes gemacht, sie hatten Wein getrunken. Sarah war dies von ihrem Vater strikt verboten worden, er war überhaupt kein Freund von Alkohol, trank selbst keinen Schluck. Aber Sandrine hatte schon öfters davon geschwärmt, und dann hatte sie eine Flasche irgendwo stibitzt und mitgebracht. Sie besuchten den Parc Montsouris, einen ihrer absoluten Lieblingsorte. Und heimlich tranken sie dort ein paar Schlucke, schlenderten über Wege und durch Gärten. Dann sahen sie eine Gauklertruppe, die Kunststücke vorführte, Jonglage und Turnkunst, und als die Dämmerung kam und Sarah schon längst zuhause sein sollte, zeigte ein Feuerspucker seine Kunst. Mutig, achtlos vom Wein, berauscht von dem magischen Moment unter den aufziehenden Sternen in ihrem Lieblingspark, auf dem Rasen sitzend mit Sandrine, den Gauklern zuschauend, ließ Sarah ihrer Gabe freien Lauf.

Die Flammen des Feuerspuckers wurden größer und größer, formten sich zu pulsierenden Sternen, zu Ringen.

Der Feuerspucker wusste selbst nicht, wie ihm geschah, aber da sich eine weitaus größere Menschentraube bildete als sonst und unablässig Münzen in die bereitgelegten Mützen der Gaukler flogen, machte er einfach weiter. Sandrine klatschte verzückt in die Hände. Sarah brauchte ihre volle Konzentration, fing an zu schwitzen. Unter den begeisterten, raunenden Ausrufen der Menge sah man, wie sich ein Feuerball zu einem Schiff formte, einem richtigen Segelschiff aus gelbroten Flammen! Über den Köpfen der Menschenmenge setzte es langsam Kurs auf die Sterne und verschwand im Nachthimmel. Sandrine jauchzte vor Begeisterung, ließ sich ins Gras fallen und winkte dem Schiff hinterher. Ihre Freude, ihre leuchtenden Augen machten Sarah überglücklich.

Es war viel später geworden, als sie gedacht hatten, und so war es schon sehr dunkel in den Straßen, als sie sich mit glühenden Wangen und verträumten Augen auf den Heimweg machten. Das würde Ärger geben. Aber egal, es war so schön, so unbeschreiblich schön gewesen. Hand in Hand eilten sie nach Hause, als sich auf einmal an einer besonders finsteren Straßenecke drei junge Männer in ihren Weg stellten. Im fahlen Mondlicht erkannten sie die drei, und das machte es nicht besser. Sie gehörten zu einer kleinen Bande, die im Viertel immer wieder für Ärger sorgte. Arbeitslose Herumtreiber, Trinker, Betrüger, kleinkriminelle Räuber. Sarah und Sandrine waren ihnen bisher immer erfolgreich aus dem Weg gegangen, hatten ihre Pfiffe, ihre Sprüche ignoriert, wann immer es ging, rechtzeitig die Straßenseite gewechselt. Aber jetzt bauten sich die drei direkt vor ihnen auf, hielten sie an den Händen fest und versuchten, sie weiter in die Dunkelheit einer Hausnische zu drängen.

„Na ihr Täubchen, so spät noch unterwegs", sagte der eine, und er stank furchtbar nach Alkohol.

„Lass mich los, du Ekel!", schrie Sandrine. „HILFE! HILFE! ZU HILFE!", brüllte sie aus Leibeskräften in die Nacht. Einer der Männer drückte ihr seine Hand auf den Mund, zog sie aber sofort fluchend zurück, denn Sandrine hatte ihn gebissen. „Na warte, du Schlampe, jetzt bist du dran!", fluchte er.

Sarah war aufgefallen, dass sie alle sehr betrunken, unkoordiniert wirkten. Der Dritte stand noch etwas weiter hinten, versuchte gerade schwankend, sich eine Zigarette anzuzünden. Danke, du tête de nœud!, dachte Sarah und drückte kurz Sandrines Hand. Auf einmal wurde es taghell in der Häuserecke. Der hintere Kerl hatte sich beim Versuch, seine Zigarette anzuzünden, mit Sarahs Hilfe selbst entzündet. Zuerst brannte nur sein Ärmel, doch Sarah ließ das Feuer rasant wachsen, hinauf bis zu seiner Mütze, und überspringen zu dem Kerl direkt vor ihr, dessen Hose zu brennen begann. Die Männer schrien, warfen sich auf den Boden, drückten sich gegen die Wand, um die Flammen zu löschen. Sandrine trat dem, der sie noch festhielt, dabei aber vollkommen konsterniert seine brennenden Kumpel ansah, kräftig zwischen die Beine, und als er sich vor Schmerz krümmte, noch mal mit dem Knie ins Gesicht, dann rannten die beiden Mädchen los, dabei weiter laut um Hilfe schreiend. Doch schon nach zwei Straßen verstummten sie wieder. Niemand folgte ihnen. Sie schienen in Sicherheit zu sein. Nun wollten sie kein zu großes Aufsehen erregen, denn ihre Eltern erfuhren besser nichts von dem Vorfall, sonst hätte zumindest Sarah einen Monat Hausarrest bekommen. Na ja, den würde sie vermutlich eh kriegen, so spät wie es war.

Sie mussten sich trennen, sie waren kurz vor ihren Wohnungen. Ihre Herzen rasten, ihre Wangen glühten immer noch. Jetzt oder nie, dachte Sarah und wollte Sandrine von dem Feuer, von ihrer Gabe erzählen, dass sie es gewesen war, die die Jungen angezündet hatte, und auch im

Park, das Feuerschiff, dass sie das auch erschaffen hatte für sie, für Sandrine.

„Du, Sandrine, ich, ich muss dir …"

„Keine Zeit mehr, mein Juwel", sagte Sandrine, zog an ihrer Hand, gab ihr einen flüchtigen Kuss auf die Wange. „Wir sehen uns morgen. Beeil dich und sei leise."

Und schon rannte sie die Straße hinunter zu dem Geschäft von Madame Corday.

„Ja gut, bis morgen … Sandrine", flüsterte Sarah und sah ihr kurz nach, wie sie im Licht der Laternen die Straße entlanglief. Dann eilte auch Sarah schnell nach Hause.

15

Es war spät am Abend, als Hanna und Nicole Hamburg erreichten. Sie deckten sich im Bahnhof mit dem Nötigsten zu essen und zu trinken ein und fanden ein preiswertes Hotel gleich in der Nähe. Im Zimmer wollten sie eigentlich schnell schlafen und Kraft für den morgigen Tag sammeln, aber das war natürlich Blödsinn. Ihnen war klar, dass sie jetzt eh keinen Schlaf finden würden, denn sie hatten eine Menge zu bereden, jetzt, hier, ungestört. Doch irgendwie traute sich zunächst keine zu sprechen. Sie saßen auf ihren Betten, starrten in das schwach beleuchtete Zimmer, dachten über die letzten Tage nach und über das, was kommen würde. Über die verrückte Situation, jetzt zusammen hier zu sein.

Nicole ist VioletPain, total verrückt, aber macht auch irgendwie Sinn, passt irgendwie voll, dachte Hanna. Sie ging Violets Postings im Kopf durch und fragte sich, wie sie es nicht hatte sehen können, obwohl das natürlich totaler Quatsch war, denn Nicole war einfach ein Meister des Sichverstellens, Hanna wäre nie im Leben darauf gekommen. Bei aller Scheiße, bei aller Angst, bei allem Wahnsinn fand sie es gerade irgendwie cool, hier zu sein, mit Nicole, die VioletPain aus dem Forum war, in einem Hotel in Hamburg, endlich raus aus dem Scheißkaff, Brücken verbrennen, nie zurück. Sie war ultraaufgeregt, Sven zu treffen. Und was dann, was würden sie dann machen? Wohin? Und was, wenn die Polizei sie fand?

„Stimmt es, dass du einen Schwarzgurt in Karate hast?", fragte Hanna plötzlich laut. Irgendwie musste sie ja mal anfangen mit dem Reden, und die Frage war doch unverbindlich.

„Was?", lachte Nicole. „Na ja, ich habe in der Schule gehört, dass du einen Schwarzgurt in Karate hast. Wäre nicht ganz unnütz jetzt, vielleicht." Nicole musste lächeln, das Gerücht gefiel ihr.

„Kompletter Blödsinn. Ich hab mal ein paar Jahre WingTsun gemacht, aber kein Karate und schon gar keinen Schwarzgurt … Ist aber cool, gefällt mir." Nicole konterte: „Stimmt es, dass dein Vater bei einem Flugzeugabsturz gestorben ist?"

„Was? Nein! Nein, das ist auch totaler Quatsch", sagte Hanna, „na ja, obwohl, vielleicht ja doch. Das ist scheiße mit meinem Vater, aber da hast du ja sicher auch im Forum was zu gelesen, oder? Der war eh nie oft zuhause, aber seit drei Jahren haben wir kein Sterbenswörtchen mehr von ihm gehört." Hanna zögerte. „Ich glaub aber nicht, dass er tot ist. Ich weiß nur nicht, wo er ist." Trotzig ergänzte sie: „Und es ist mir auch scheißegal."

Danach herrschte erst mal wieder Stille, jede hing ihren eigenen Gedanken nach, bis Nicole fragte: „Wie ist das mit Sven, liebst du ihn? So richtig?"

„Puh, weiß nicht, ja schon, glaub ich, irgendwie vielleicht." Zögernd ergänzte Hanna, die noch nie mit irgendjemandem über so etwas gesprochen hatte: „Er ist unglaublich wichtig für mich, weißt du, in den letzten Monaten, da war er immer da und … und irgendwie denke ich dauernd an ihn, und wenn ich an ihn denke, fühlt sich das gut an, zu wissen, dass er da ist und auch an mich denkt, und was er schreibt, tut immer gut, ich hatte so was noch nie mit jemandem, ich fühle mich verstanden von ihm, ich kann mit ihm irgendwie alles teilen." Sie dachte an ihren Arm und den Armreif, den sie in einem Verband versteckt unter einem weiten Hemd trug. „Also fast alles, irgendwie ist gerade alles egal, Hauptsache er ist da und … ich weiß nicht …"

„Das klingt verdammt nach Verliebtsein, wenn du mich fragst", meinte Nicole. Hanna zögerte, dann sagte sie: „Nicole, ich hatte noch nie einen Freund."

„Sei froh!", sagte Nicole kurz und knapp, fast eisig.

„Warum ... Warum hast du dich nie zu erkennen gegeben? Also ab wann wusstest du eigentlich, wer ich bin?", fragte Hanna nach einer Weile und man konnte, wenn man wollte, ein wenig Verletztheit in ihrer Stimme hören.

„Ich weiß nicht genau, wir kannten uns schon länger im Forum, da wusste ich das noch nicht. Ich hatte vielleicht mal einen ganz, ganz vagen Verdacht. Aber dann hast du die Geschichte von Peters Party gepostet, und dann wusste ich es natürlich, du hast ja Namen und Ort genannt und so."

„Und warum hast du nichts zu mir gesagt?"

„Ich konnte nicht. Zuerst. Ich war total erschrocken. Denkt man ja nicht, dass jemand da im Forum in der gleichen Stadt wohnt, in die gleiche Schule geht. Das Forum war eine andere, eine sichere Welt, weißt du. Und dann später wollte ich schon irgendwie mit dir reden, anders Kontakt aufnehmen, aber ich wusste echt nicht, wie ich das machen sollte. Ich hatte ja auch so zwei komplett andere Leben, online und in der Schule. Na ja, und dann kam irgendwie schon die Sache mit Sven."

Hanna war ein wenig gekränkt, ein wenig verletzt, wenn sie drüber nachdachte. Sie konnte Nicole aber irgendwie auch verstehen. „Ist schon okay", sagte sie, nicht ganz sicher ob es das wirklich war.

„Was machen wir morgen? Also nachdem wir Sven getroffen haben, was machen wir dann?", fragte Nicole.

„Keine Ahnung, ist mir irgendwie auch egal. Komisch, oder?"

„Ne, find ich gar nicht, irgendwie gar nicht komisch, geht mir genauso."

„Ich hab immer gesagt: Ich will am liebsten sterben, und alles ist scheiße, und mir ist sowieso alles egal, und weißt du was, jetzt, hier, merke ich, das ist wirklich wahr. Mir ist wirklich gerade alles scheißegal. Ich will nicht zurück, das weiß ich, Sven ist mir nicht egal, das weiß ich, du auch nicht und so. Aber Zuhause, die Schule, das Leben an sich, mein Leben. Alles scheißegal."

„Ich habe festgestellt, wenn man sich einmal … also, wenn man sich einmal wirklich umbringen wollte, wirklich so nah dran war, es wirklich zu tun, mit allem abgeschlossen hatte und schon länger diesen Schmerz, diese Qualen hatte, also wie ich und wie du und wie wir vielleicht alle im Forum, also wenn man an diesem Punkt war, wo man wirklich dachte und fühlte: Ja scheiße, es ist leichter zu sterben, ich will sterben, dann ist einem alles egal, man selbst, das Leben. Man lebt dann noch weiter aus den unterschiedlichsten Gründen, aber man hat keine Angst mehr vor dem Tod, und deshalb ist das alles auch egal irgendwie. Also, weißt du, was ich meine?"

„Ja, ich weiß ganz genau, was du meinst. Jetzt gerade will ich gar nicht sterben, aber wenn ich es müsste, wäre es mir egal, dazu war ich irgendwie zu oft zu nah dran, in Gedanken hab ich es mir zu sehr gewünscht … Und genau deshalb: Ich hab nix zu verlieren, gar nichts, das hier ist irgendwie mein letzter Versuch, glaub ich."

„Ganz ehrlich: meiner auch", stimmte Nicole nachdenklich zu, als ob es ihr genau in diesem Moment erst bewusst wurde. Hanna dachte an Sven, an ihr scheiß Leben, an ihren Arm, an des Gefühl, als Sven das über die Kinder der Kirschblüte geschrieben hatte. „Es kann aber auch, also vielleicht weißt du, vielleicht wird das aber auch ganz geil alles."

„Mmh?"

„Na ja, also, vielleicht finden wir ja einen Weg, das mit den Kindern der Kirschblüte irgendwie zu machen, also als Gruppe zusammenzuleben, uns zu schützen, eine echte wahre Gemeinschaft zu werden. Ohne Angst. Und Schmerz." Nicole lächelte skeptisch. „Ja … na ja, wir sind schon mal zusammen hier, nicht?"

„Ja, und das ist doch irgendwie auch cool, oder? Wir … wir gucken einfach was geht, oder?"

„Ja, es könnte alles ganz geil werden, stimmt. Warum nicht? … Und wenn nichts geht, was haben wir schon zu verlieren? Wenn's scheiße wird, machen wir noch ein großes, buntes Feuerwerk und verpissen uns final."

„Ein ganz großes …" Hanna fühlte über ihren linken Unterarm. „Nicole …"

„Ja?"

„Ich … ich muss dir …" Hanna fand keine Worte.

„Was musst du?"

Nein, von dem Armreif konnte, wollte Hanna jetzt nichts erzählen. Vielleicht hatte sie sich das Ganze ja auch nur eingebildet, vielleicht war es nur eine schizophrene Fantasie von ihr. Sie traute sich und ihren Sinnen gerade überhaupt nicht in diesem Punkt.

„Ach, nichts. … Weißt du. Nicole, ich bin sehr froh, dass du VioletPain bist, also dass du du bist und dass du bist, wie du bist … und dass du hier bist. Also, weißt du, was ich meine? Danke dafür."

„Hanna, ich bin auch sehr froh, dass es dich gibt und dass du bist, wie du bist." Beide dachten es, keine sagte es, es wäre zu kitschig gewesen, aber es hatte sich irgendwie festgesetzt in ihren Köpfen, gab ihnen eine wichtige Kraft, eine neue Identität: Wir sind die Kinder der Kirschblüte.

16

Den jungen Männern aus der Bande, die sie nachts bedrängt hatten, waren Sarah und Sandrine zum Glück nicht so schnell wieder begegnet. Sie waren vorsichtiger geworden, mieden dunkle Ecken und Gassen mehr als früher, suchten Menschenmengen in den Abendstunden. Es war vielleicht zwei Wochen nach dem Vorfall, da saßen sie wieder im Parc Montsouris unter einem großen Baum an einem Teich und sprachen noch einmal darüber.

„Die Welt, die Stadt, die wäre um so, so viel wundervoller, wenn es solchen Abschaum gar nicht erst geben würde. Was meinst du? Uns würde die Nacht gehören, komplett. Wie Katzen könnten wir durch die Straßen, über die Dächer ziehen, und wir bräuchten keine Angst zu haben. Mein Vater war auch so ein Saufbold, gut dass meine Mutter den rausgeschmissen hat. Ich kenne eigentlich auch keinen Jungen, den ich mag, die sind alle nutzlose Herumtreiber oder hochnäsige Dummköpfe, nicht wahr, Sarah? Kennst du einen Jungen, auch nur einen Jungen, den du magst?"

Sarah dachte nach. Das tat sie immer, bevor sie antwortete, immer dauerte es ein paar Sekunden, oft auch länger, bevor sie eine Antwort fand, die sie geben wollte. „Ich mag meinen Vater und Jakob. Die habe ich sehr gern."

„Ja, aber das zählt doch nicht, nein, nein, das zählt jetzt nicht. Sarah, ich meine Jungs, junge Männer, du weißt schon, und jetzt komm nicht mit deinen Schriftstellern und Dichtern, ich meine, aus unserem Viertel, irgendeinen, nenn mir einen, den du magst. Frederic? Pierre? Pierre, der mag dich, das kann ich dir aber sagen, oh, là, là, wie der dich anschaut, wie der stottert, wenn du in der Nähe bist, das sag ich dir, der ist verknallt in dich, aber so was von. Also, magst du den?"

Nein, den mochte sie nicht, den nun wirklich nicht. Sarah fiel kein Junge ein, den sie mochte. Nicht aus Absicht oder Gehässigkeit, nein, ihr fiel einfach keiner ein, auch wenn sie unbedingt wollte, dass ihr einer einfiel. War es Ignoranz? Selbst in Berlin hatte es das nie gegeben, fiel ihr jetzt auf, also einen Jungen, der ihr irgendwas bedeutet hätte, außer halt Vater und Jakob. Sarah hatte Jungen immer toleriert, oft ignoriert, manchmal akzeptiert in ihrem Leben, aber so richtig gemocht hatte sie bisher keinen. Sie hatte nie intensiver darüber nachgedacht – und das trotz der Bücher und Romane, die sie immer las. Jetzt wurde es Sarah das erste Mal bewusst, vorher hatte sie das nie richtig wahrgenommen. Alle Jungen in ihrem Leben waren ihr bisher vollkommen egal gewesen. Irgendwie wirklich komisch, dachte sie, bevor sie es in wenige ausgewählte Worte packte und laut aussprach.

„Ja komisch. Ist schon komisch, ist bei mir auch so", antwortete Sandrine, und dann schwieg sie lange, und das war nun wirklich sehr selten bei Sandrine. Sie sahen auf den kleinen See, sahen auf die tief hängenden Äste des Baums, unter dem sie saßen, wie diese im Wind leicht hin und her tanzten. Zu dieser Tageszeit war der Park immer recht leer, waren kaum Menschen unterwegs, dazu war es noch stark bewölkt, und der Geruch von Regen lag in der Luft. Der Wind spielte mit Sandrines Haar, ließ ihr eine Locke immer wieder ins Gesicht fallen. Irgendwie hatten sich, während des ganzen Schweigens Sarahs und Sandrines Blicke gefunden. Es war auf einmal so klar, alles so einfach, logisch und klar. Sarah hatte nie darüber nachgedacht, nie danach gesucht, aber vielleicht war es auch einfach zu offensichtlich gewesen. Sie musste lächeln, über sich, über das Gefühl, die Wärme in ihrem Bauch, den leichten Schwindel, als sie jetzt Sandrine ansah, in ihre wunderschönen smaragdgrünen Augen sah, ihre Grübchen, ihr gebrochenes Lächeln. Natürlich kannte sie dieses Gefühl beim Anblick von Sandrine, aber erst jetzt, hier, in diesem Moment wurde ihr klar, was es wirklich bedeutete. Sarah versuchte, die Locke von Sandrine zu fangen, sie ihr vorsichtig aus dem Gesicht hinters Ohr zu streichen. Und ohne bewusste Intention gab sie ihr dabei einen Kuss. Einen ersten unschuldigen, vorsichtigen Kuss.

Und während ein leichter Sommerregen begann sanft auf das Wasser und den Rasen zu fallen, erwiderte Sandrine den Kuss auf ihre Art, wild, intensiv, leidenschaftlich.

17

Als Hanna und Nicole am nächsten Morgen – eigentlich war es schon Mittag – zum Frühstück in einem kleinen Café in der Innenstadt saßen, fragte Nicole ganz beiläufig: „Sag mal, und was ist das eigentlich für ein fetter, amateurhafter Verband um deine linke Hand?"

Als Hanna schweig, fragte Nicole weiter: „Geritzt? Ist doch zu heftig dafür, oder? Muss das genäht werden?"

„Ich möchte da jetzt gerade wirklich nicht drüber reden."

„Alta, Hanna!", platzte es wütend aus Nicole heraus. „Wir müssen uns vertrauen, wir müssen über alles offen reden können. Sonst ist das hier für uns beide so superschnell, so superscheiße vorbei, das kannst du dir gar nicht vorstellen. Also was ist los?"

Hanna verzog den Mund, dann sagte sie: „Nicole, hier passiert gerade wirklich abgefahrene Scheiße. Also, ich meine, wirklich, wirklich abgefahrene Scheiße."

Sie sah sich noch einmal um, das Café war aber fast leer, dunkel, verwinkelt, keiner in ihrer Nähe. Scheiß drauf, volles Risiko, dachte sie, wieder kurz in der Angst, sich alles mit dem Armreif nur eingebildet zu haben. Wenn es so war, dass das alles Teil ihrer Krankheit im Kopf war, dann musste Nicole eben auch damit klarkommen.

„Pass auf, du denkst, die ganze Sache mit Sven und den Kindern der Kirschblüte ist schräg und megaderbe. Bei mir läuft aber gerade noch was ganz anderes, und ich hab absolut keinen Plan, was abgeht." Dabei entrollte sie den Verband und zeigte Nicole ihre linke Hand und den Unterarm. Der Armreif war noch da, er war mittlerweile fast vollständig mit Hannas Arm verschmolzen. Kleine Metallteile, die organisch pulsierten, und aufgestülpte Hautwülste hatten um das Handgelenk, den Handrücken und den Mittelfinger mit dem Ring eine feste symbiotische Verbindung geschaffen. Es sah so aus, als hätte sich der Armreif zuerst in Hannas Fleisch gebrannt, um dann von diesem assimiliert zu werden, so als sei er jetzt Teil ihres Körpers. Das Metall pulsierte schwach in einem schwarz-silbernen Farbton, im Rhythmus von Hannas Pulsschlag.

„Ach du Scheiße", brachte Nicole mit aufgerissenen Augen und offenem Mund hervor, sie sah sich auch noch einmal schnell um. „Was ist das? Was hast du gemacht?"

„Ich hab keine Ahnung", sagte Hanna, „wirklich nicht. Es … es war ein Geschenk von meinem Vater. Vor langer Zeit. Der Armreif ist eigentlich so was wie ein Familienerbstück. Aber irgendwie, ich hatte mich geritzt, ein bisschen, weil ich so verzweifelt war wegen Sven, und das Blut ist über den Armreif geflossen, weil ich den gerade umhatte, und dann hatte ich einen Blackout, bin ohnmächtig geworden, und als ich aufgewacht bin" – sie zeigte auf ihren Unterarm – „sah das so aus."

Nicoles Hand schob sich auf Hannas Unterarm zu, strich, fühlte vorsichtig darüber. „Fuck, was ist das?"

„Keine Ahnung, wie gesagt", antwortete Hanna verlegen und doch, irgendwie genoss sie die Aufmerksamkeit, genoss sie es, was Besonderes zu haben.

„Es geht noch weiter. Pass auf." Hanna deutete mit ihren Augen auf den Kaffeebecher vor Nicole. Nicole sah den Becher an. Hanna öffnete ihre linke Hand leicht in Richtung des Bechers, der auf der anderen Seite des Tisches, etwa einen halben Meter von ihr entfernt stand. Hanna konzentrierte sich, Falten bildeten sich auf ihrer Stirn. Langsam, zitternd begann der Becher, sich zu erheben, begann er zu schweben, höher, bis er vor Nicoles Mund schwebte. Die sah mit weiterhin aufgerissen Augen und Mund starr auf den Becher. Dann musste Hanna die Augen zukneifen, der Becher fiel auf den Tisch. Hanna war außer Atmen, schwitzte, holte ganz tief Luft. Aus Nicole platzte ein Lachen heraus. „Alta, Scheiße, Hanna! Was ist das?"

Doch sie hatten keine Zeit, das zu klären, in einer Stunde war das Treffen mit Sven auf der Rathausbrücke, und sie mussten los.

Die Sonne schien, der Himmel war wolkenlos, und überall rannten, strömten Menschen mit Tüten auf dem Rathausvorplatz in alle möglichen Richtungen. Noch zwanzig Minuten bis zum Treffen, und Hanna war meganervös. Sie hatten noch kurze Nachrichten im Forum ausgetauscht. Sven war hier, es ging ihm so weit gut, den Umständen entsprechend. Sie wollten danach sofort weiterreisen, nach Flensburg und dann vielleicht Kopenhagen erst mal oder Berlin, dort noch einmal in ein Hotel und dann in Ruhe alles Weitere besprechen und planen. Für beides hatte Sven Züge herausgesucht. Er träumte davon, irgendwie eine Art Untergrundgruppe, Untergrundbewegung als Kinder der Kirschblüte zu gründen, so wie er es schon im Forum umrissen hatte. Erst mal nur der engste Kreis aus dem Forum, füreinander sorgen, einander beschützen, einander verteidigen – und rächen.

Theoretisch klang das super, aber wie sollte das gehen? Wo und wovon leben? Und was war mit der Polizei, die suchte ihn. Was würde mit ihm passieren? Und mit den anderen? Konnte man ihnen, Hanna, Nicole etwas vorwerfen? Mitwisserschaft, Mittäterschaft? Es gab unendlich viel zu klären und zu besprechen.

„Auf jeden Fall gehe ich nicht ins Gefängnis. Egal, was wird. Ich gehe nicht in den Knast", hatte Sven gepostet.

„Alta, bleib mal locker, wofür solltest du denn in den Knast? Wart doch erst mal ab, was die dir überhaupt nachweisen können. Und dann kriegst du ein paar Sozialstunden und so, und gut ist", hatte BloodAngel gepostet.

Sicher war sich keiner. Sicher war nur, jetzt war alles in Bewegung, und sie wollten es jetzt nicht stoppen, egal wie, jetzt war die Chance, etwas zu ändern für sich. Keiner wollte zurück ins alte Leben, jetzt oder nie, alles auf eine Karte. Nur welche?

Hanna und Nicole näherten sich langsam der Brücke am Rathaus. Hanna fühlte sich unwohl, war nervös, aufgeregt, Sven zu treffen, aber es war nicht nur das, sie fühlte sich wieder beobachtet. Sie hatten beschlossen, sich hier zu treffen, in diesem ganzen Gewusel, weil Sven das mal irgendwo gelesen hatte, dass das immer am sichersten war: treffen an öffentlichen Plätzen, tagsüber, unter vielen Menschen. Da erregt man am wenigsten Verdacht, da konnte man am leichtesten untertauchen. Hanna sah Sven, das musste er sein, auf der Brücke, nahe am Geländer, langer Mantel, Rucksack, Stiefel, schwarze, halblange Haare. Er versuchte, gelangweilt zu wirken, kniff ab und zu ein Auge zu, verzog den Mund, sah sich immer wieder langsam suchend um. Dann sah auch er Hanna. Ein Lächeln, ein unglaublich warmes Lächeln strahlte ihr entgegen, seine Augen leuchteten. Hannas Herz raste, ihre Hände schwitzen. Auch sie musste breit lächeln, konnte gar nicht anders, schüttelte kurz den Kopf. Es war ein ganz unwirkliches Gefühl, ihn da so zu sehen.

Vielleicht noch fünfzig Meter lagen zwischen ihnen. Auf einmal befiel Hanna ein Gefühl der Angst, Panik, Bedrohung. Hier waren Menschen, die sie suchten, die ihr und Sven Böses wollten, das spürte sie ganz klar. Es war keine Zeit mehr, Sven kam auf sie zu, was sollte sie tun? Sie hatte im Hotel kurz mit Nicole besprochen, was sie machen würden, wenn Polizei käme: weglaufen, getrennt, sich später an dem einen Baum im Park in der Nähe des Hotels wieder treffen. Sie zog an Nicoles Ärmel. „Hier ist Polizei. Die suchen uns. Geh."

„Was?" Nicole sah sich um. „Scheiße, woher weißt du das? Wo sind sie?"

„Kann ich nicht sagen, ich spüre es." Sie drückten sich kurz die Hände, dann machte Nicole einen Schritt zur Seite und tauchte im Menschenstrom unter. Da stand Sven auch schon direkt vor Hanna.

Er war etwas größer, als sie gedacht hatte. Die Sonne glitzerte auf seinem Haar, irgendwie konnten sie beide nicht sprechen, nur lächeln, vor Freude lächeln, gequält lächeln.

Seine Nähe, zu sehen, dass es ihn wirklich gab, nach all diesen Nächten, die sie online gemeinsam verbracht, durchlitten, durchwacht hatten, fühlte sich einfach unglaublich gut an, unglaublich richtig, unglaublich vertraut. Hanna war es in diesem Moment scheißegal, ob sie alles nur in ihn reinprojizierte oder was er wirklich war, wie er wirklich war. Sie war einfach nur glücklich, dass er da war, dass er real war. Aber da war das Gefühl der Angst, die Polizei.

„Hallo", sagte Sven leise und etwas unsicher, er stand ganz dicht vor ihr.

„Hallo", sagte Hanna, konnte nicht aufhören zu lächeln. Sie verzog das Gesicht. „Hier ist Polizei."

„Ich weiß", sagte er.

„Was … was wollen wir machen?", fragte sie.

„Was können wir machen? Sie werden mich nicht kriegen Hanna, niemals, das hab ich gesagt. Es ist so schade, dass sie uns diesen Moment kaputt machen."

„Vielleicht haben sie uns noch nicht entdeckt?" Die ganze Zeit sahen sie sich direkt in die Augen, konnten nicht woanders hinsehen, den Blick nicht voneinander nehmen, alles um sie herum verschwand, verblasste. Und doch konnten sie aus den Augenwinkeln sehen, spüren, wie sich mehrere große Männer aus unterschiedlichen Richtungen langsam den Weg zu ihnen bahnten.

„Du bist wunderschön." Sven flüsterte fast. „Es ist so schön, dass es dich gibt."

Hanna schluckte. Mit einer Hand zog Sven sie langsam zu sich ran, während sie spürte, wie er mit der anderen Hand einen harten Gegenstand an seinen Bauch drückte. Er sah kurz nach unten, sie folgte seinem Blick, sie war sich nicht sicher, aber sie glaubte, dass es eine Handgranate war. Hanna wurde brennend heiß – und auf einmal geschahen tausend Dinge gleichzeitig, wie in Zeitlupe. Sie spürte die kalte, harte, schwere Granate in seiner Hand, eng umschlungen, zwischen sie beide am Bauch gepresst, sie sah in seine Augen, sah Angst, Trauer, Wut und auch Liebe, zärtliche, dankbare Liebe, sie sah seine Lippen, spürte, wie sie näherkamen, sie öffnete ihren Mund leicht, sah aus den Augenwinkeln, wie die Zivilpolizisten losliefen, losstürmten, spürte, wie ihr Herz stoppte, Sven zitterte. Sie dachte kurz daran, wie sie vielleicht die Kraft des Armreifs einsetzen könnte, aber ihr fiel nichts ein, was sie jetzt retten konnte.

„Ich liebe dich, Hanna", flüsterte Sven, „ehrlich, ewiglich." Sie sah in Svens Augen, spürte dann seine Lippen auf ihren, zart, weich, sanft, zitternd, ihre Beine schienen nachzugeben, sie hatte das Gefühl, zu fallen, auf einmal spürte sie eine weitere Hand an der Granate.

„Die nehm' ich mal kurz mit", sagte ein Mann, der wie aus dem Nichts direkt neben ihnen stand und geschickt, konsequent die Handgranate aus ihrer Mitte riss, nur um sofort darauf wieder in der Menschenmenge zu verschwinden. Und schon wurden Sven und Hanna von den Polizisten überwältigt, auseinander und zu Boden gerissen.

18

Hinterher konnte Hanna alles nicht mehr so richtig auseinanderhalten, so viel war auf einmal passiert. Aber über allem thronte ein einziger klarer, melancholischer, wütender Gedanke: Es wäre mein erster richtiger Kuss gewesen! Wer hatte ihnen die Granate entrissen? Ein Polizist? Auf einmal war er da gewesen, direkt neben ihnen, und sogleich wieder verschwunden, wie in einem Traum, hatte sich quasi mit der Granate in Luft aufgelöst. Sofort danach waren sie von Zivilpolizisten auseinandergerissen, zu Boden geworfen, angeschrien worden. Hanna hatte auch geschrien, sie hatte Sven gesehen, wie er auf dem Boden lag, den Mund aufgerissen vor Schmerz, den Arm grotesk verdreht, drei Männer auf ihm, am Kopf blutend. Auf Hanna hatte eine Frau gesessen und ein Mann hatte ihre Beine gehalten, ihr Knie hatte gebrannt, ihr Herz gehämmert, Tränen waren ihr in die Augen geschossen, Wut, Verzweiflung, Trauer, ein Schlag in ihren Nacken, sie hatte keine Luft mehr bekommen, alles war schwarz geworden.

Im Krankenhaus war alles weiß. Sie war allein, konnte vor der Tür eine Polizistin sehen, das Fenster war vergittert.

Hanna fühlte sich überraschend frisch, fit, gesund. Sie sah ihren Arm an, das merkwürdige Ding daran. Liegt es an dir? Dann wurde sie richtig klar. Wo war sie? Wo war Sven? Scheiße, und Nicole? Sie wollte gerade aufstehen, da ging die Tür auf, und eine Frau und ein Mann kamen herein.

„Hallo Hanna, ich bin Mareike Schuhmann, das ist Mark Trensing. Wir sind von der Kriminalpolizei." Die Frau lächelte freundlich, mitfühlend, der Mann sah sie fordernd, ungeduldig an und lief von diesem Moment an die ganze Zeit im Zimmer auf und ab. Es war sofort klar, was hier lief, die blonde, nette Polizistin und der grimmige, böse Polizist.

„Hanna, ich glaube, du bist da in etwas hineingeraten, von dem du gar nicht genau weißt, was da los ist und wie das passieren konnte. Mhm?", fragte die Frau mit geheuchelter Freundlichkeit. Verpiss dich, du alte Kröte, dachte Hanna, schwieg aber und verzog keine Miene.

„Dein Freund, der Sven Grossmann, dem geht's gut, da musst du dir keine Sorgen machen. Er ist aber in Arrest. Er hat schlimme Dinge getan, das weißt du ja. Hanna, da ist ein Mensch gestorben, andere beinahe auch. Das ist Mord." Die Frau wurde eindringlich, der Mann sah aus dem Fenster, ballte die Hände. „Wir kennen euer Forum." Hanna wurde bleich. Scheiße, Arschlöcher. „Wir wissen, was ihr alles geplant habt und wer ihr seid. Hanna, du hast noch nichts Schlimmes gemacht, noch kann ich dich da raushalten. Aber, Hanna, ich muss jetzt alles wissen. Wer hat was geplant, und vor allem, wer hat was noch vor von euch?"

Hanna war auf kompletter Abwehr. Was wollen die von mir? Ihr habt doch Sven, ihr Wichser! Haben die das Gerede da im Forum etwa alles ernst genommen? Denken die, wir sind eine Terrorgang, dachte Hanna belustigt.

„Hanna, das ist kein Spiel, was ihr da mit den Kindern der Kirschblüte gemacht habt. Für dich war es das vielleicht, aber für Sven nicht und für die anderen auch nicht. Wir müssen wissen, was du weißt."

Hanna sah die beiden Polizisten an, dann auf ihre Schuhe vor dem Bett. „Ich hab nichts gemacht, das haben sie selbst gerad gesagt. Kann ich gehen?"

Da platzte es aus dem Mann heraus: „Hör mal zu, Fräulein, du steckst mit drin, verstanden? Wir wissen alles, Fräulein fehlkonstruktion! Den Sven haben wir am Arsch, und wenn du nicht auch in den Knast willst, dann sagst du uns sofort, SOFORT: Wo ist Nicole Schneider und wer ist BloodAngel, wo wohnt er?"

„W…was?" Hanna sah ihn entgeistert, fast schon belustigt an.

„Nicole Schneider, VioletPain. Sie ist seit gestern Abend vermisst gemeldet. Und BloodAngel, der scheint sich technisch gut auszukennen, den konnten wir nicht tracken, wir wissen nicht, wer er ist."

Die Frau fügte sanfter hinzu: „Hanna, wir müssen wissen, wo die beiden sind, was sie vorhaben. Sven und BloodAngel haben anscheinend Waffen, mindestens zwei Handgranaten und eine Pistole über das Internet besorgt. Du kannst dir und vielen Menschen einen Gefallen tun, du kannst Menschenleben retten, indem du uns sagst, was du weißt, es ist dringend, Hanna."

„Ich ... ich weiß nichts, ehrlich. Ich weiß nichts von Handgranaten oder sonst was. Wirklich."

„Verkauf uns nicht für dumm," blaffte der Mann wieder. „Ich reiß' dir und deinen Freunden so dermaßen den Arsch auf, wenn du jetzt nicht sofort sagst, was die vorhaben und wo die sind!"

Hanna sagte nichts mehr, kein Wort. Trensing schlug mit der Faust auf einen Tisch, Hanna zuckte mit den Schultern, zog eine Schnute und sah die Frau an. Innerlich fragte sie sich, was hier wohl noch alles los war, von dem sie nichts wusste. Parallel dachte sie darüber nach, was es mit den Waffen und Handgranaten auf sich hatte, was Sven und

BloodAngel gemacht hatten, vorhatten, und gleichzeitig ging sie alle Postings durch, alle Themen, die diese verwichsten Polizisten sicher gelesen hatten. Und über allem spürte sie das Verlangen, wieder von Sven in den Arm genommen zu werden, seine Lippen auf ihren zu fühlen. Sie kam sich und der Situation merkwürdig entrückt vor. Trensing sah sie länger an, dann schien er aus seiner Rolle zu fallen, wurde weicher, sachlich, sagte nüchtern zu seiner Kollegin: „Komm, Mareike, die sagt uns nichts, ich glaube, die weiß wirklich nichts weiter. Passt zu dem Profil, das wir von ihr haben."

Wichser, dachte Hanna. Beim Rausgehen sah er sich noch einmal um: „Ach, du, sag mal, du musst deinen Arm gar nicht so verstecken unter der Decke. Was ist das eigentlich? So ein neuer schräger Body-Modification-Trend bei Deprikids?"

Trensing schien sichtlich stolz darauf zu sein, solche Begriffe wie Body-Modification zu kennen. Hanna war sichtlich stolz, den Mut und die Kraft zu haben, ihm stumm ihren Mittelfinger entgegenzustrecken.

Von Sven Grossmann bekamen sie gar nichts, außer Fragen nach Hanna. Ansonsten wirkte er apathisch, eingekapselt, er sagte nichts, aß nichts, starrte mit leerem Blick in den Raum. Man hielt ihn unter strenger Beobachtung. Vielleicht würde morgen eine Gegenüberstellung mit Hanna etwas bringen. Mareike Schuhmann war der Meinung, dass es „nur kleine Deprikids" waren, die sie kurz vorm Amoklauf oder Selbstmord abgefangen hatten. Mark Trensing witterte, wollte einen großen Fall und sah in ihnen eine neue Art von morbider Terrorzelle.

Am nächsten Morgen wurde Trensing zu seinem Chef ins Büro gerufen. Der knallte ihm erst mal die Bildzeitung auf den Tisch. Schlagzeile war: AMOK-KIDS IN HAMBURG GEFASST! Darunter Fotos von dem Zugriff am Rathaus. Auf einem Foto war Hanna am Boden liegend zu sehen, eine Polizistin kniete auf ihr und hielt ihren Arm fest, Der Armreif war deutlich vorn im Bild zu sehen, mit den Drähten und Hautfetzen, die sich um ihn schlangen, darunter stand: SIE VERSTÜMMELN IHRE KÖRPER UND TÖTEN MENSCHEN!

„Was soll das? Wer hat den Zugriff dem Boulevard gesteckt?", fragte der Chef, Dr. Feldberg, barsch. Trensing hatte es natürlich gestern Abend schon online gesehen.

„Keine Ahnung, ich hab die Fotografen nicht gesehen, für die Zugriffsplanung vor Ort war Bolding zuständig, nicht ich."

„Ist doch scheiße." Schnell wurde Dr. Feldberg wieder sachlich. „Was soll's, ist nicht mehr unser Bier."

„Was?", fragte Trensing.

„Der Fall. Ist nicht mehr unser Bier. Eben waren Sonderermittler des BKA hier. Sie haben gesagt, der Fall hat eine nationale Komponente, sie übernehmen."

„Was?", wiederholte sich Trensing. „Nationale Komponente, was soll der Scheiß?"

„Keine Ahnung, Sie kennen das, die von der Sondereinheit D1 gehen nicht ins Detail. Vielleicht ist eins der Kids ein Kind von einem Minister? Oder da steckt irgendein Terrornetzwerk drin? Vielleicht haben die Kids auch irgendwas Besonderes gehackt? Keine Ahnung, wir sind raus. Das Mädchen bringen die gerade nach München."

Trensing war sichtlich geschockt. „Die Hanna, nach München? Wieso? Das war doch dieser Sven." Trensing zog die Stirn in Falten. Irgendwas stimmte hier nicht. Er war nicht der Schlauste, er war nicht der Fallanalytiker, der er gern sein würde, aber er wusste, dass hier definitiv irgendwas gewaltig nicht stimmte. Er stürmte los, kam aber zu spät, Hannas Krankenhauszimmer war leer. Wenigstens schaffte Trensing es noch, einen von seinen Leuten direkt bei Sven zu positionieren, aber der wurde gar nicht von der

Sondereinheit abgeholt, nicht einmal verhört. Was war hier verdammt noch mal los?

19

Sarah hatte jetzt zwei Geheimnisse, die – zumindest vorerst – niemand erfahren durfte: ihre Feuer-Gabe und ihre Liebe zu Sandrine. Eigentlich hatte sich nichts verändert zwischen ihnen, es war nur noch ein wenig intensiver, besonderer, magischer geworden – und ein wenig körperlicher. Sie gingen jetzt nicht mehr so oft in den Parc Montsouris, obwohl sie ihn natürlich immer noch liebten, nein, sie hatten einen neuen Ort gefunden, am anderen Ende von Paris, weit weg von ihrem Viertel, doch gut zu erreichen und mit vielen versteckten kleinen Nischen und geheimen Winkeln, wo die meisten Besucher zu sehr in eigenen Gedanken waren und kein junges Liebespaar erwarteten: den Friedhof Père Lachaise.

Hier verbrachten sie nun, wann immer es ihnen möglich war, viel Zeit, schlenderten die Wege entlang, lasen Romane, Gedichte, machten kleine Picknicks, entdeckten Familiengeschichten und Geheimnisse oder dachten sich selbst welche aus, hielten sich und träumten. Eigentlich war alles wie zuvor, nur inniger und geborgener.

Natürlich musste Sarah auf einem Friedhof auch öfter an ihre Mutter denken, sie liebte Sandrine so wahnsinnig, wie gern hätte sie ihrer Mutter davon erzählt, sie ihr vorgestellt. Ihre Mutter hätte es verstanden, sie hätte ihnen ihren Segen gegeben, da war sich Sarah ganz sicher. Sie trug das große, klobige Amulett jetzt öfters, es war eine Art Verbindung, Erinnerung an ihre Mutter, und irgendwie mochte sie es auch gern, fand es mittlerweile sogar recht hübsch. Auch Sandrine gefiel das Amulett, weil es so außergewöhnlich war und weil es von Sarahs Mutter war, und alles von Sarah war außergewöhnlich und toll und Sarahs Mutter ganz besonders, und darum war das Amulett auch ganz besonders außergewöhnlich toll – sagte Sandrine, immerzu.

Es war ein Feiertag, die Menschen waren auf den Alleen der Innenstadt, in den Parks, in den Bars und Cafés unterwegs, kaum einer war heute auf einem Friedhof. Die Sonne malte einen blutroten Sonnenuntergang an den Himmel, ließ die wenigen Wolken leuchten wie leicht angebrannten Zimt. Sarah und Sandrine hatten ihre kleinen Taschen gepackt und machten sich gerade auf den Rückweg, als sie Stimmen hörten. Die Stimmen versuchten zu flüstern, aber es gelang ihnen nicht recht, sie stritten derb. Sarah und Sandrines Neugier war geweckt, hinter den Steinen und Gräbern schlichen sie neben den Stimmen her. Es waren vier oder fünf männliche Stimmen, und sie stritten darum, in welches Mausoleum, in welche Gruft sie einbrechen wollten.

„Bei den Ponteseracs soll unten drinnen alles aus Gold sein, hat Mobert gesagt."

„So ein Quatsch, was soll da aus Gold sein?"

„Na alles, die Urnen, Grabplatten, Leuchter, sogar der Boden, mit Edelsteinen."

„Du Idiot, dir kann man aber auch jedes Scheißmärchen erzählen, und du glaubst das. Der Boden aus Gold, was für ein Quatsch!"

„Wie wollen wir da überhaupt reinkommen? Da sind massive Eisentüren vor."

„Gustave hat zwei Stemmeisen mitgebracht, oder Gustave?"

„Ja, hab ich. Aber ich glaub das nicht mit dem Gold, lasst uns lieber die Gruft von den Corvays aufbrechen, da weiß ich, dass da wertvolles Zeug drin ist, hab ich selbst gesehen."

„Also was jetzt? Wo und wie? Ich will auf diesem scheiß Friedhof nicht die ganze Nacht verbringen! Jungs, da steigt 'ne wilde Party in der Stadt!"

Sarah und Sandrine kauerten hinter einem größeren Grabmal und versuchten, Gesichter zu erkennen, als Sarah auf einmal fest von hinten gepackt und hochgezogen wurde. Eine Hand griff ihr sofort um ihre Kehle, und eine rauchige Männerstimme sagte laut: „Sieh an, sieh an, da sind ja meine Täubchen wieder. Jungs, schnell mal herkommen! Guckt mal, was ich gefunden habe."

Sofort waren sie von fünf Männern umstellt. Mit einem kotzüblen Gefühl der Angst und Panik stellte Sarah fest, dass drei davon die Gleichen waren, die sie schon einmal abends bedrängt hatten. Einer hatte üble Brandwunden im Gesicht. Der Kerl, der Sarah gepackt hatte, schien der Anführer zu sein, Maurice hieß er wohl. Er stieß Sarah zu einem Kumpel hinüber, der ihr die Arme auf den Rücken drehte und festhielt, zwei andere Kerle packten Sandrine.

„So, so, das wird ja dann doch noch ein ganz lustiger Abend, nicht wahr?" Maurice lachte ein wenig hysterisch, übermütig. Er zog ein langes Messer hervor und strich damit Sarah über die Wange.

„So ein wunderschönes Täubchen. Eine Haut wie Porzellan", sagte er, während er mit der anderen Hand ihre Kehle umfasste, dann langsam abwärts glitt, ihre Brust grob packte und dann weiter mit der Hand nach unten wanderte und ihr zwischen die Beine griff.

„So was wollte ich immer schon mal ficken", sagte er und lachte wieder, ein überdrehtes, gekünsteltes, hysterisches Lachen.

„Lass sie los, du Schwein! Du mieses Drecksschwein!", schrie Sandrine. Maurice drehte sich zu ihr um.

„Der Straßenköter. Der dreckige, kleine Straßenköter. So was wie dich ficke ich jeden Abend." Er spuckte auf den Boden. „Aber du hast ja eh schon lange mal eine Lektion verdient."

„HILFE! HILFE! ZU HILFE!", schrie Sandrine aus Leibeskräften. Maurice gab ihr zwei kräftige Schläge ins Gesicht, ihre Lippe platzte auf, und Blut tropfte herunter. Sarah versuchte, sich zu befreien, aber es gelang nicht, der Typ hinter ihr war zu stark. Verzweifelt suchte sie nach einer Feuerquelle, denn sie war nicht in der Lage, Feuer selbst zu erschaffen, sie brauchte ein bereits entzündetes Feuer, und sei es nur ein kleines Flämmchen, um dieses dann wachsen zu lassen. Weit und breit war aber keine Flamme zu sehen. Leider war diesmal auch keiner so dumm, eine Zigarette anzuzünden. Maurice drehte sich wieder zu Sarah.

„Halt sie gut fest", sagte er zu seinem Kumpel hinter ihr und dann riss er ihr Kleid und das Hemd kaputt. Sarahs Brust war entblößt, man konnte das Amulett sehen, das sie direkt auf ihrer Haut trug, aber dafür hatte Maurice keine Augen.

„Geile, kleine, festen Titten, das lieb ich", sagte er und packte Sarah wieder fest an die Brust. Sandrine schrie auf, gab dem einen Kerl, der sie festhielt, eine Kopfnuss und brach ihm so die Nase. Dem anderen rammte sie ihre Faust zwischen die Beine. In zwei Schritten war sie bei Maurice, sprang ihm auf den Rücken, zog an seinen Haaren. Sarah trat dem Kerl, der sie festhielt, so kräftig es ging mit ihrem Schuhabsatz auf den Fuß, überrascht lockerte er seinen Griff etwas, genug, dass Sarah sich losreißen und ein paar Schritte zur Seite rennen konnte, nur, um sofort entgeistert stehen zu bleiben.

Maurice hatte Sandrine abgeschüttelt, und in einer schnellen, drehenden Bewegung hatte er ihr sein Messer direkt in den Bauch gerammt. Es herrschte Totenstille. Sowohl Sandrine als auch Maurice hatten einen fassungslosen Blick in den Augen. Sarah wollte schreien, aber es kam nur ein gequältes, leises Krächzen aus ihrem Mund. Sandrine fasste sich an den Bauch, ihre Hand wurde sofort Rot vom Blut. Maurice hatte sich wieder gefangen, grinste diabolisch. „Ach, was soll's, du Schlampe", sagte er und stieß noch dreimal mit dem Messer zu. Als Sandrine zu Boden sackte, trat er sie mit seinen Fuß nach hinten um.

„Spinnst du? Maurice, was soll der Scheiß?", rief einer der Jungen. Mit einem irren Blick sah Maurice in die Runde.

„Was soll's? War doch nur ein Straßenköter. Die hat mich eh immer genervt." Er drehte sich im Kreis und fuchtelte mit dem blutigen Messer. „Hat einer damit ein Problem? Wer hat damit ein Problem?"

Alle standen wie angewurzelt da und schwiegen. „Also kein Problem", sagte Maurice und dann mehr zu sich selbst: „Kein Problem, denn es wird auch keine Zeugen geben, die uns verpetzen können." Dabei sah er direkt zu Sarah. Die erwachte augenblicklich aus ihrer Schockstarre, drehte sich um und rannte panisch los.

„Los, packt sie!", rief Maurice und nahm die Verfolgung auf. Sarah rannte, so schnell sie nur konnte, quer über den Père Lachaise, den sie ja nun mittlerweile gut kannte. Aber in der Dämmerung war es gar nicht so einfach, den Weg zwischen all den verschachtelten Gräbern, Mausoleen, Steinen, Begrenzungen und Mauern zu finden. Sie sprang, rutschte, lief. Ihr Herz hämmerte in ihrer Brust, ihrem Hals, Tränen nahmen ihr die Sicht. Panik, Schmerz, Verzweiflung, Wut. Sie hörte, sah ab und zu mindestens zwei Verfolger zwischen den Gräbern und Steinen hinter sich oder neben sich auftauchen. Ein lauter, dumpfer Knall, gefolgt von einem schmerzverzerrtem Schrei bedeuteten wohl, dass zumindest ein Verfolger böse gestürzt war. Aber auch Sarah rutschte, stolperte mehrmals, schlug sich das Knie auf. Sie hörte das Wutgebrüll von Maurice hinter sich. Es lenkte sie kurz ab, eine Unachtsamkeit, vielleicht war es auch ein loser Stein unter ihrem Fuß gewesen, doch im vollen Lauf rutschte sie aus, als sie gerade einen Haken schlagen wollte, schlug heftig mit dem Kopf gegen die Säule des Eingangs einer Gruft, taumelte rückwärts, fiel die Treppe der kleinen Gruft hinunter und schlug unten mit Rücken und Kopf gegen einen kleinen Altar, dann blieb sie regungslos liegen.

Maurice hatte den Sturz gesehen. Vor der Gruft blieb er stehen und lugte hinein, einer seiner Kumpel kam neben ihm zum Halten. Unten sahen sie im schwachen Dämmerlicht, wie Sarah, grotesk verbogen, vor dem kleinen Altar lag und aus mehreren Wunden am Kopf und Beinen heftig blutete.

„Na, die ist dann wohl auch tot", sagte der zweite Kerl nüchtern und dann an Maurice gewandt: „Willst du die jetzt trotzdem noch ficken?"

Maurice sah ihn verächtlich an, schubste ihn beiseite. „Bist du krank? Los, lass uns abhauen."

20

Sind Polizisten immer zu zweit, Mann und Frau, zwischen dreißig und vierzig?, fragte sich Hanna, als sie auf dem Rücksitz eines großen, schwarzen Mercedes saß, der die Autobahn gen Süden entlangrauschte. Aber im Gegensatz zu den Polizisten, die sie im Krankenhaus verhört hatten – oder versucht hatten, sie zu verhören –, waren diese beiden hier smarter, glatter, Angst einflößender. Sie hatten fast nichts gesagt, einfach Hannas Sachen gepackt, sie grob mitgeschleift, ins Auto auf den Rücksitz gezwängt, mit einer Handschelle am Auto festgeschnallt und waren wortlos losgedüst.

Hanna traute sich nicht, zu sprechen, und auch die beiden Beamten schwiegen. Die Polizisten hatten im Krankenhaus irgendetwas von BKA-Sondereinheit gesagt, Verlegung nach München, weitere Befragung und Gegenüberstellung oder so was. Diese Typen machten Hanna echt Angst, sie wirkten nicht grimmig, sie schienen gut gelaunt zu sein, lächelten sich an, wirkten halt nur sehr bestimmt, konsequent, stark, unsympathisch, bedrohlich. Als die Frau sie festgeschnallt hatte, hatte sie kurz Hannas Unterarm, den Armreif begutachtet, interessiert, prüfend, gar nicht überrascht und schockiert. Hanna hatte ein ganz ungutes Gefühl, und es wurde immer energischer in ihrem Bauch.

Als die Frau im Schminkspiegel ihre Haare richtete, rutschte der Ärmel ihrer Bluse nach unten, und Hanna sah einen ähnlichen Armreif wie bei sich, verschmolzen mit dem Arm der Frau, nur ohne Ring. Ihr ungutes Gefühl verwandelte sich in Gewissheit, in pure Angst.

„Ihr seid nicht von der Polizei", sagte Hanna. Der Mann lachte.

„Doch, doch", sagte die Frau, während sie sich kurz zu Hanna umdrehte. „Wir sind von der Polizei. Wir sind sogar von der Weltpolizei, sozusagen."

„Du musst keine Tricks versuchen, kleine Hanna", sagte der Mann ein wenig belustigt. „Wir sind stärker als du, viel stärker. Wir bringen dich an einen sicheren Ort, da gibt es Antworten. Ich hab deinen Vater gut gekannt, weißt du."

„Meinen Vater?" Hanna wurde heiß vom Adrenalin.

„Ja, sehr gut sogar." Der Mann grinste. „Aber alles später. Jetzt genieß einfach die Fahrt."

Hanna konnte nichts genießen. Sie war in Panik. Antworten wären toll, aber sie fühlte, spürte: Diese Menschen waren gefährlich, sie wollten ihr nichts Gutes, sie wollten ihr schaden, sie waren ihre Feinde. Das spürte sie ganz deutlich, und sie spürte auch, dass die beiden wussten, dass Hanna es spürte – und es machte ihnen Spaß.

Ab Hannover regnete es in Strömen. Hanna sah aus dem Fenster, dachte an Sven, dachte an den Beinahe-Kuss auf der Brücke. Scheiße, nichts wird gut werden, wir werden alle in den Knast gehen oder sterben oder sonst was für 'ne Scheiße erleben. Es ist alles vorbei. Es ist alles nur noch ein riesiger Haufen Scheiße, wir haben verloren. Alles verloren. Wo war ihre Kraft, ihre Aufbruchsstimmung hin? Es war so gemein, so ein kurzes Glücksgefühl, so kurze Stunden im Gefühl der Freiheit, und jetzt schon alles vorbei. Und wer waren diese Leute? Warum hatte die Frau auch so einen Armreif, und warum fühlte Hanna so eine große Angst vor ihnen? Vielleicht konnte sie mit ihren neuen Kräften einen Autounfall provozieren und dann fliehen? Da bemerkte sie auf einmal, wie die Regentropfen an ihrem Fenster einen Buchstaben formten. Ganz kurz, aber ganz eindeutig. Sie blinzelte nach vorn, aber niemand schien es mitbekommen zu haben. Da, wieder ein Buchstabe: P I N und dann K E L N. Pinkeln?, dachte Hanna und verzog irritiert das Gesicht. Ein Auto überholte sie, langsam, und sie

sah Nicole darin sitzen, die ihr zulächelte, aber so unscheinbar, als würde sie sich einfach nur über den Regen freuen.

„Ich ... ich muss ganz dringend pinkeln! Bitte, können
wir irgendwo halten, ich muss dringend aufs Klo", drängte
Hanna. Beim nächsten Rastplatz fuhren sie ab.

„Schaffst du das alleine?", fragte der Fahrer die Frau.

„Dann ruf ich mal kurz im Büro an."

„Grüß schön", lächelte die Frau und löste Hannas Handschelle. Auf einmal packte der Fahrer Hanna blitzschnell am
Arm, zog sie zu sich, drückte schmerzhaft fest zu und sagte:
„Mach kein Scheiß, verstanden? Wenn du irgendwelchen
Scheiß machst, bringe ich dich um. Langsam, ganz langsam
mit unvorstellbaren Schmerzen. Hast du verstanden?" Dabei
zwinkerte er ihr zu.

„Verstanden. Und wenn ich mir die Welt so anschaue,
glaub ich sofort, dass ihr beiden von der Weltpolizei seid",
sagte Hanna trocken.

Der Fahrer lächelte, gab ihr einen Klaps auf den Hinter-
kopf. „Gutes Mädchen, gutes Mädchen", sagte er und kramte sein Handy raus.

Die Raststätte war nicht gerade überfüllt, aber hier und
da aßen ein paar Leute etwas, suchten nach Zeitschriften

oder Süßigkeiten, tranken einen Kaffee. Hanna sah sich um, konnte aber nirgends Nicole oder irgendetwas Außergewöhnliches entdecken. Langsam ging sie vor der Frau her, die sie unauffällig anzuschieben versuchte, zu den Toiletten. „Ich hab kein Geld", sagte Hanna achselzuckend vor der Bezahlschranke. Die Frau zahlte, schob Hanna durch und kam direkt nach. Das Frauenklo schien so weit leer zu sein, doch die Frau stoppte kurz vor der Tür und hielt Hanna am Handgelenk fest.

„Irgendetwas stimmt nicht", sagte sie. Sie sah sich um, schien sich zu konzentrieren. Hanna wippte hin und her.

„Sorry, bitte, ich muss dringend."

„Mmh", machte die Frau, stieß die Tür zum Klo auf und Hanna hinein. Ein blondes Mädchen stand an einem Waschbecken und schminkte sich. Sie drehte sich um, und sah Hanna total überrascht an: „Hanna? Hanna, bist du es? Ja, was machst du denn hier? Das ist ja ein Zufall!", sagte Nicole.

Die Frau war in zwei Schritten bei ihr, packte sie an der Kehle und hielt ihr eine Dienstmarke vors Gesicht. „Kriminalpolizei, wer bist du?"

„Ich, ich, sorry, ich bin eine alte Schulfreundin von Hanna, ich … wieso, was denn? Polizei?", stammelte Nicole, nach Luft ringend. Die Frau öffnete ihren Mund, sagte aber nichts, ihre Augen weiteten sich überrascht, ihre Hand lockerte den Griff um Nicoles Kehle, langsam sackte sie zusammen. Blut begann, aus ihrem Mund zu laufen und aus der Wunde in ihrer Brust, wo der lange, spitze Dolch herausschaute, den der Mann, der blitzschnell aus seinem Versteck hinter der Tür hervorgeschnellt war, ihr in den Rücken, durch Herz und Lunge gestoßen hatte.

„Das war einfach", sagte der Mann selbst etwas überrascht. Er beugte sich über die Frau, tastete sie kurz ab. Ein leises, lang gezogenes „Scheiße" entfuhr Hanna.

„Jau, Scheiße", bestätigte Nicole.

„Glaubt mir, das ist besser so, dass sie tot ist, für uns alle. Die ist zwar eine Anfängerin gewesen, aber es ist besser so. Wenn man kann, immer gleich töten. Lektion eins", sagte der Mann, der einen leichten osteuropäischen Akzent hatte. Dann wandte er sich an Nicole. „Okay, zweiter Akt des Plans. Das hier wollt ihr eh nicht sehen." Er hatte auf einmal ein kleines Fleischerbeil in der Hand und schob die Bluse am Arm der Frau hoch, wo ihr Armreif zum Vorschein kam.

„Scheiße", sagte Hanna noch einmal, etwas hysterischer.

„Komm, Hanna, komm einfach." Mit zitternden Beinen schlüpften beide Mädchen schnell aus der Toilette und machten sich auf den Weg durch die Raststätte zum Ausgang.

„Wer ist der Kerl? Was ist hier los?", fragte Hanna flüsternd.

„Später Hanna, später."

„Aber können wir dem Kerl trauen? Wie bist du überhaupt mit dem hierhergekommen?"

„Okay, also Kurzversion: Direkt nach dem Rathausplatz wollte ich schnell Richtung Hotel, da hält vor mir ein Wagen mit dem Typ drin, und der sagt, er will uns helfen. Er sagt, er kannte deinen Vater, deine Mutter hat ihn angerufen, und ich soll einsteigen. Ich renne natürlich in die andere Richtung weg, steht der Typ wieder vor mir, jetzt ohne Auto, sagt, er wird dir helfen, nur er kann helfen, und ich soll ihm vertrauen und zusammen kriegen wir dich frei. Ich tret' ihm in die Eier und renne wieder in die andere Richtung, und da steht der Typ schon wieder vor mir. Ich bleib' stehen, denke: Scheiße, was ist das für ein Kerl? Er hebt sein Hemd ein bisschen, zeigt mir eine große Metallplatte, die so ähnlich wie dein Armreif aussieht, und sagt, ich hab eh keine Chance, er ist ein Freund, er weiß alles über dich, und ich soll jetzt mitkommen. Ich steige ins Auto, erfahre, dass er Andrej heißt. Wir pennen in einem anderen Hotel, getrennte Betten, versteht sich.

Morgens wollen wir dich aus dem Krankenhaus holen, es dauert aber, bis wir das richtige finden. Wir sind zu spät, er sagt, dass die beiden Leute, die dich aus dem Krankenhaus abgeholt haben, ganz üble Killer sind und wir dich jetzt hier rausholen müssen, koste es, was es wolle, sonst bist du tot. So weit die Story in kurz. Also: Team Andrej, Team Killer oder Team Polizei?"

„Dann Team Andrej für den Augenblick, schätze ich", sagte Hanna. Nicole nickte. Als sie durch die Tür der Raststätte gingen, sahen sie den Fahrer von Hannas Auto auf sie zulaufen. Er sah jetzt gar nicht mehr belustigt aus und hatte eine Pistole in der Hand.

„Los", rief Nicole und rannte mit Hanna in die andere Richtung. Sie hörten Schüsse hinter sich, aber die Kugeln trafen nicht, sie trafen nirgends. Der Mann blieb fluchend stehen und sah sich um.

„Okay. Wer? Wo bist du?", rief er, während er sich im Kreis drehte und die Raststätte scannte. In dem Moment gab es eine Explosion, die Druckwelle ließ ein paar Scheiben zerbrechen. Der Fahrer sah in die Richtung, wo er das Auto geparkt hatte und jetzt eine Wolke aus Feuer und Rauch aufstieg. Und er sah einen Mann über den Parkplatz laufen. „ANDREJ!!!", brüllte er ihm hinterher und nahm die Verfolgung auf. Überall auf dem Rastplatz schrien, rannten jetzt Menschen. Nicole und Hanna sprangen in einen großen, schwarzen BMW. Nicole setzte sich ans Steuer.

„Du kannst Autofahren?", fragte Hanna.

„Dazu gab's kein Gerücht? Schade. Natürlich kann ich Autofahren", sagte Nicole und ergänzte mit einem leicht nachdenklichem Gesicht: „Nur Autobahn bin ich noch nie gefahren."

Sie parkte rückwärts aus, sagte: „Moment", kramte im Handschuhfach und holte eine große, verspiegelte Sonnenbrille raus. „So viel Zeit muss sein."

„Macht dir das Spaß? Hier sterben Menschen!", sagte Hanna.

„Hanna, Menschen sterben immer, wir wollten auch sterben, wir werden auch sterben. Letzte Chance, letzter Versuch, hast du selbst gesagt. Dann können wir doch auch versuchen, dabei Spaß zu haben und ein bisschen cool zu sein, oder?"

Das ergab Sinn, musste Hanna zugeben. „Scheiß' drauf, gib Gas", sagte sie und kam sich irgendwie cool dabei vor.

Und das war ein verrücktes, gutes Gefühl, denn bisher war sie sich sehr, sehr selten in ihrem Leben cool vorgekommen. Sie sah kurz ins Handschuhfach, leider war keine zweite Sonnenbrille da.

Andrej dreht sich zu seinem Verfolger um. „Broschkov. Long time no see, old friend."

„Ich dachte, du wärst tot, du Ratte!", rief ihm der Verfolger zu.

„Denken, Broschkov, denken! Das war schon immer so ein Problem von dir."

Broschkov feuerte zwei, drei Schüsse auf Andrej, der machte aber nur eine Handbewegung, und die Kugeln schienen nach oben in die Luft abgelenkt zu werden.

„Broschkov, deine Freundin liegt im Sterben", rief Andrej. „Letzte Chance, sie zu retten. Geh!"

Doch Broschkov dachte nicht daran. Er rannte auf Andrej zu, schnell, sehr schnell, unnatürlich schnell, unterwegs machte er eine Handbewegung zur Seite, und eine Metallstange, die bei Baumaterialien am Seitensteifen des Parkplatzes lag, flog direkt in seine Hand. Andrej nahm eine Abwehrhaltung ein, machte eine ähnliche Handbewegung, und auch ihm flog eine Metallstange wie von Geisterhand in die offene Hand. Als die beiden aufeinandertrafen, duellierten sie sich mit den Stangen, schlugen, traten aufeinander ein, wie in einem Kung-Fu-Kampf, aber schneller, härter, kräftiger, als es normal war. Außenstehende konnten kaum ihren Bewegungen folgen. Sie fielen auf den Asphalt, sprangen über Autos, ließen mit ihren Kräften Gegenstände wie Mülleimer oder Koffer fliegen, wehrten diese ab, schlugen immer wieder aufeinander ein. Diverse Autos wurden dabei beschädigt, Menschen rannten panisch zurück in die Raststätte. Nicole und Hanna hatten in der Nähe der Ausfahrt geparkt, sahen aus der Entfernung dem Kampf zu.

„Kannst du ihm nicht helfen?", fragte Nicole.

„Ich weiß nicht, wie", sagte Hanna, „wir sind zu weit weg, und die sind eh so schnell."

Andrej brauchte keine Hilfe, er hatte es geschafft, Broschkov mit der Stange heftig in die Kniekehle zu schlagen, und, als dieser zu Boden ging, ihm einen Metallmülleimer gegen den Kopf fliegen zu lassen. Broschkov war kurzzeitig benommen, verlor die Orientierung, und das war die Sekunde, die Andrej brauchte. Mit einer schnellen, konzentrierten Handbewegung ließ er zwei der ringsum parkenden Autos auf Broschkov zurasen. Dieser war gerade wieder dabei, sich zu besinnen, sah, was geschah, wollte aufspringen, aber sein Bein gab nach, er hob noch die Hände, um die Autos abzuwehren, da krachten diese schon mit ihm zusammen. Andrej sah nicht länger hin. Schnell hob er eine Plastiktüte auf und rannte los zu Nicole und Hanna. Nicole kletterte auf den Rücksitz, Hanna aus einem Impuls heraus auch. Andrej sprang ins Auto und raste los auf die Autobahn. Entfernt konnte man die Sirenen der Polizei hören. Aus der Plastiktüte auf dem Beifahrersitz tropfte Blut, und es lugten zwei Frauenfinger heraus.

Sie wechselten zweimal den Wagen, nicht immer legal. Und obwohl Hanna einen äußerst bescheidenen Orientierungssinn hatte, war sie sicher, dass sie nicht mehr nach Süden fuhren. Es war ihr wirklich nicht möglich, zu sagen, zu beschreiben, was sie fühlte. Eigentlich nichts, ein großes leeres Rauschen, leichte Euphorie, leichten Schwindel, leichten Ekel. Sie war voll von Adrenalin, erleichtert, die beiden vermeintlichen Polizisten los zu sein und dass Nicole wieder bei ihr war – und sie hätte kotzen können, wenn sie an den Frauenunterarm in der Plastiktüte hinten im Kofferraum dachte. Nicole drückte ihre Hand, zuckte mit den Schultern, lächelte, Hanna zuckte auch mit den Schultern, machte dazu eine fragende, hilflose Grimasse. Nicole zwinkerte ihr aufmunternd zu.

„Entspannt euch, alles wird gut. Ich bring' euch jetzt erst mal an einen sicheren Ort", sagte Andrej.

„Ne, Meister", antwortete Hanna, „das mit dem Entspannen fällt gerade echt aus. Was zur Hölle ist hier los, wer bist du? Wo bringst du uns hin?"

„Andrej, Andrej bin ich, ein alter Freund deines Vaters, Hanna, ehrlich, fühl mal in dich hinein. Ist alles okay, du kannst mir vertrauen." Hanna fühlte wirklich keine Angst, keine Panik vor ihm. Sie fühlte auch keine Bedrohung wie vorhin im Auto der beiden Polizisten.

„Woher kanntest du meinen Vater?"

„Puh, das ist 'ne lange Geschichte. Klar, du willst Antworten, die wirst du kriegen. Aber ich bin echt noch erschöpft von dem Kampf. Später, Hanna, versprochen."

„Und wo fahren wir hin?", fragte Nicole.

„An einen sicheren Ort, da finden uns der Kreis und die Polizei nicht. Wir fahren zu meiner Schwester", sagte Andrej und stellte das Radio an, als ob die Information mit der Schwester irgendwie zu Erhellung oder Beruhigung beigetragen hätte. Sie schwiegen, hingen ihren Gedanken nach. Es wurde dunkel, sie wechselten auf eine Landstraße. Vor einer Stunde waren sie an Magdeburg vorbeigefahren.

„Kann Hanna das auch? So kämpfen wie du? Und das mit den Autos?", fragte Nicole.

„Theoretisch ja, klar", antwortete Andrej. „Sie muss nur üben, viel, viel üben, aber das kriegen wir schon hin." Nicole sah Hanna an, hob die Augenbrauen und nickte ihr anerkennend zu.

„Und Nicole, kann die das auch lernen?", fragte Hanna.

„Nein." Andrej schüttelte den Kopf. „Nein, das wird sie leider nicht können. Später, Mädels, ja? Wir sind gleich da."

Die Landstraße wurde ein finsterer Waldweg, Hanna war unendlich froh, dass Nicole bei ihr war. Draußen umschloss sie ein dichter, hoher, dunkler Wald. Die Scheinwerfer ließen ein altes, steinernes Tor erkennen, dann eine Allee, an ihrem Ende ein großes Haus. Ein altes Herrenhaus, wie ein kleines Schlösschen.

„Willkommen in der Villa", sagte Andrej, als er den Wagen parkte.

21

Sarah war gefangen in der Dunkelheit, sie konnte sich nicht bewegen, konnte nichts sehen. Sie wusste, sie spürte, dass sie starb. Sie fühlte, wie das Blut aus ihr floss und mit ihm ihre Lebenskraft. Sie hatte nur einen Gedanken: Sandrine. Sandrine ist tot. Sarah fühlte Schmerz und Verzweiflung, unendliche Verzweiflung, unendlichen Schmerz. Für Wut, Hass, war sie viel zu schwach. Vollkommen erschöpft dachte sie: Sandrine, ich komm jetzt zu dir – und wollte sich der Dunkelheit hingeben.

Doch auf einmal hörte sie ein Knacken, ein Zischen, ein fremdartiges Knistern, das so gar nicht in diese Dunkelheit passte. Und mit dem Knistern kam die Wut, kam der Hass, kam das Licht, kam langsam die Kraft zurück, wuchs stetig. Blut war von Sarahs Stirn und Schläfe über ihr Gesicht und ihren Hals gelaufen, und von da über ihre Brust, über das Amulett. Dieses begann schwach pulsierend, dunkelsilbern zu leuchten, und kleine Drähte und Metallteile bohrten sich aus dem Amulett direkt in Sarahs Brust.

Der Schmerz war heftig, tief, aber gut. Es war ein wundervoller körperlicher Schmerz. Er war Sarah willkommen, weil er den Schmerz über Sandrines Tod vertrieb, weil er die Dunkelheit vertrieb. Sie schaffte es nicht, ihre Augen zu öffnen, aber sie schaffte es, der Dunkelheit zu entfliehen. Es fühlte sich an, als schieße glühendes Feuer von ihrer Brust aus durch ihre Adern, überall in ihren Körper. Dunkelheit wurde zu gleißendem Licht, sie fühlte, spürte, sah Feuer, überall um sich herum Feuerwände, unter sich ein riesiges, tobendes Feuermeer wie im Traum, und nur zu gern tauchte sie ein und versank in der Flut aus gleißenden Flammen.

Als Sarah erwachte, war es finstere Nacht. Sie wusste nicht, wie lange sie in der Gruft gelegen hatte, ob es Stunden oder Tage gewesen waren. Sie fühlte sich eigenartig, entrückt, wie in einem Traum. War sie tot? Wohin waren all die Trauer, die Wut, die Schmerzen verschwunden? Sie fühlte nichts mehr davon, nur eisige Leere. Sie stand auf, ohne Schmerzen, voller Kraft und Energie. Blut klebte in dicken, verkrusteten Klumpen an ihren Haaren, an ihrem Körper. Als sie an sich hinunterblickte, sah sie ihr zerrissenes Kleid und das Amulett, nun mit ihrem Körper verschmolzen durch unzählige kleine Drähte, Metallstücke, übergestülpte Hautfetzen. Es sah schmerzhaft aus, roh, wund, aber es tat nicht weh. Sarah knotete ihr Kleid notdürftig an der Schulter zusammen und trat aus der Gruft, die Nacht war kalt und klar.

Langsam ging sie zurück zu dem Ort, wo sie von den Männern überrascht worden waren. Dort fand sie Sandrine. Tot, eiskalt, lag sie da, wie weggeworfen. Sarah kniete sich neben sie, begann zu zittern, erst zaghaft, dann stärker. Die Gefühle kamen zurück, heftig. Tränen flossen über ihre Wangen. Sie strich sanft, zärtlich über Sandrines Gesicht, küsste vorsichtig, ganz sanft ihre Lippen. Dann hob sie Sandrine auf, und legte sie auf eine der größeren Grabplatten in der Nähe.

Sie wunderte sich nicht darüber, wie leicht es ihr fiel, Sandrine zu heben und zu tragen. Sie nahm ihre Umgebung, sich selbst gar nicht wirklich war, sie war wie in einem Tunnel gefangen. Du warst alles für mich, du warst mein Leben. Wunderschön, wundervoll, einzigartig, perfekt. Wir hatten uns gerade erst richtig gefunden, und sie haben dich mir entrissen.

„Ich liebe dich", flüsterte Sarah in Sandrines Ohr. Wut, Trauer. Die Hitze des Hasses stieg in ihr auf, wie sie es als Kind schon oft gefühlt, erlebt hatte, wenn die Wutanfälle über sie kamen, wenn sie die Kontrolle übernahmen. Nur diesmal war es heftiger, viel, viel heftiger. Ihr Schweine, ihr

miesen, dreckigen Schweine, dafür werdet ihr bezahlen. Ich
werde dich rächen, ich werde uns rächen, dachte Sarah. Es
war die einzige Möglichkeit, dem Schmerz, der Verzweiflung, dem Gefühl der erdrückenden, eisigen Einsamkeit zu
entfliehen: der Hass, der Wunsch nach Rache. Sarah kannte
die kleine, dreckige Kneipe in der schäbigen Gasse, eigentlich nur ein paar Straßen von Sandrines Wohnung entfernt.
Dort lungerte die Bande oft herum. Dort würde sie ihre Suche beginnen. Sarah drückte Sandrines Hand noch einmal,
strich zärtlich über ihre Wange, gab ihr einen letzten Kuss –
dann rannte sie los. Schnell, viel schneller, als sie jemals zuvor gerannt war.

Sarah glitt durch Straßen, über Kreuzungen und Brücken, wie ein fliegender, flammender Schatten, und mit jedem Schritt, den sie lief, steigerte sich ihr Hass, ihr Wunsch
nach Vergeltung. Ihr werdet brennen, ihr Schweine, qualvoll brennen. Sarah konnte nichts anderes mehr fühlen und
denken. Ihr fiel nicht auf, dass mit der steigenden Wut, dem
explodierenden Hass in ihr, Flammen anfingen, aus ihren
Händen zu tropfen, hinunter auf die Straßen und Wege,
wie brennendes Öl aus einer umgestoßenen Nachtlampe.

Vor der Kneipe blieb sie stehen, drinnen war schummriges Licht, Gelächter, Schatten an den Fenstern. Ohne nachzudenken, intuitiv, ließ Sarah mit einem brennenden Hassimpuls aus ihren Händen einen Feuerball entstehen und schleuderte diesen mit einer Wurfbewegung in die Tür der Kneipe, wo er explodierte. Chaos brach aus, Schreie, rennende, brennende Menschen stürmten aus der Tür, sprangen aus den Fenstern. In blinder Wut warf Sarah weitere Feuerbälle gegen die Kneipe, gegen jeden, der daraus zu fliehen versuchte. Die Flammen loderten hinauf bis zum obersten Stockwerk, griffen auf andere Häuser über, Sarah bekam dies nicht mit, hatte keinen Blick dafür. Sie fühlte, dass sie Maurice noch nicht erwischt hatte. Da, da hinten, aus einem Fenster im ersten Stock gesprungen, geduckt am fliehen, das war er! Sie rannte hinterher.

Maurice wollte einen alten Fluchtweg nutzen: rein in eine Sackgasse und dann durch die versteckte Lücke in der Wand hinter den Kisten in der Ecke entkommen. Dazu kam er aber nicht, ein Feuerball raste an ihm vorbei und steckte die Kisten in Brand, sie loderten heiß und hell. Maurice stolperte, fiel, lachte verzweifelt, hysterisch, drehte sich auf dem Boden liegend um. Er konnte Sarah nicht richtig erkennen, er sah nur, wie alles brannte, lichterloh, und eine dunkle Gestalt mit langen, goldenen Haaren langsam auf ihn zukam. Kurz konnte er im Flammenschein ihr Gesicht erkennen, versteinert, entrückt, schmutzig, voller Blut, ein bitteres, gebrochenes Lächeln formte sich, als sie ihn vor sich liegen sah.

Sarah legte den Kopf leicht schräg, als ob sie überlegte, was sie jetzt mit ihm machen sollte. Maurice stützte sich auf, versuchte, sich hinzustellen, seine Augen suchten verzweifelt nach einem Fluchtweg, aber fanden keinen. Voller Angst, panisch gebannt sah er auf die dunkle Gestalt, dieses blutverschmierte Gesicht, dieses bittere, gebrochene Lächeln, das nun ganz nah vor ihm war. Sarah packte ihn mit der Hand an der Kehle und hob ihn mühelos ein paar Zentimeter in die Luft. Maurice begann wieder, hysterisch, panisch zu lachen, dann entflammte Sarahs Hand, die ihn hielt, in einem Feuerball, der den Kopf und Rumpf, bald den ganzen Körper von Maurice umhüllte, und während die Flammen seine Kleider und Haare verbrannten, erstickte Maurice' Lachen, wurde zu einem panischen Hilfeschrei, zu einem bestialischen Schmerzensschrei. Sarah warf den brennenden Körper in die Ecke auf den Boden. Eingehüllt in flammende Glut verbrannte er qualvoll, schreiend, grotesk zuckend.

Dann kam Sarah wieder zu sich. Die Wut verflog, ihre Hass-Trance löste sich auf, ließ von ihr ab, und zurück blieb ein einsames, verlorenes Mädchen in der dunklen Nacht, um sie herum brennende Häuser und Menschen. Chaos, Schreie, Verzweiflung. Sarah wurde bewusst, was sie angerichtet hatte. Mittlerweile brannten mehrere Häuser, und die Feuer griffen immer weiter um sich. Sie sah Menschen aus höher gelegenen Stockwerken panisch auf die Straße springen, Kinder schrien und heulten, Frauen, Männer rannten, brannten.

O mein Gott, das war ich!, dachte Sarah, und eine eiskalte Panik befiel sie. Was habe ich getan? Was zur Hölle habe ich getan? Sie konnte den Anblick, die gequälten Schreie, die Schuld nicht ertragen. In ihrem Kopf hörte sie auf einmal die Worte ihrer Mutter: „Die Gabe, so schön sie sich vielleicht auch anfühlt, sie bringt Leid und Verdammnis." Tränen schossen in Sarahs Augen, sie drehte sich um und fing wieder an zu laufen, schnell, schneller, einfach nur weg von hier. Wieder flog der Schatten durch die Nacht von Paris, so schnell, so weit sie konnte, aus der Stadt hinaus, die Straße entlang, weiter, weiter, immer weiter, nicht denken, nicht zurücksehen, fliehen, den Bildern entfliehen, den Gedanken, der Schuld. Dem Schmerz, dem Verlust, der

Einsamkeit. Rennen, nur noch rennen und fliehen. Was habe ich getan? Was bin ich für ein Monster?

Sarah rannte und rannte, Stunde um Stunde, und irgendwann, irgendwo tief in einem Wald, brach sie plötzlich zusammen, fiel sie einfach um, schloss die Augen und blieb liegen, fast wie tot.

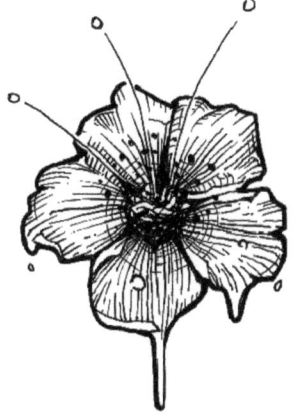

Es hat alles erst begonnen.

Fortsetzung in:

Die Kinder der Kirschblüte – Teil 2: Bahlheim